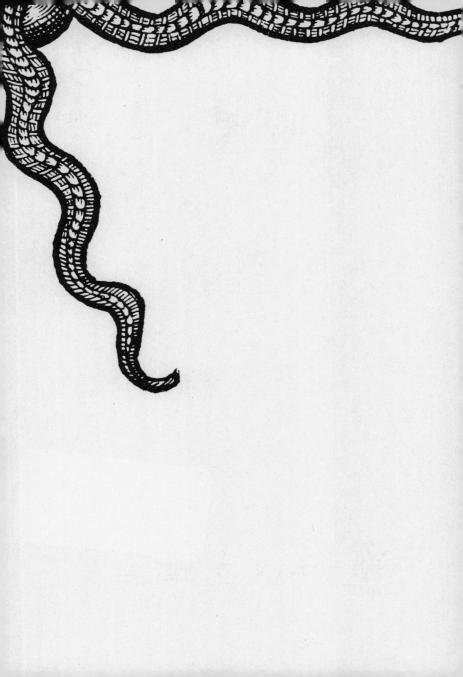

NÃO ESCREVER
[COM ROLAND BARTHES]

PALOMA VIDAL

TINTA-DA-CHINA
LISBOA · SÃO PAULO
MMXXIII

SUMÁRIO

Prefácio: A esperança de escrever	6
Apresentação: Por que Barthes?	8
Resistir a Barthes	12
Cadernos com R.B.	34
Não escrever	48
De minha janela	84
Nunca mantive um diário	102
Bibliografia	120
Origem dos ensaios	122
Créditos das imagens	123
Agradecimentos	124
Sobre a autora	125
Sobre a coleção	126

PREFÁCIO
A ESPERANÇA DE ESCREVER

É possível dizer que, neste livro, Paloma Vidal não fez um ensaio sobre Roland Barthes, e sim *com* Roland Barthes. Não há aqui a distante superioridade encerrada na palavra "sobre". Como anuncia o título, Paloma está com Barthes; e Barthes, com Paloma. Entretanto, o desafiador aqui é que, ainda de acordo com o título do livro, trata-se de *não* escrever com Barthes. Paloma Vidal deixou de escrever um ensaio sobre Roland Barthes não somente porque o fez com ele, mas porque, mais radicalmente, tratou de *não escrever* com ele. Sua busca aqui é compreender, ou assinalar, por que escrever parece às vezes impossível — e precisamente para alguém que, como Barthes, tem com a escrita uma relação intensa. Para nossa sorte, porém, este ensaio está escrito e pode agora ser lido.

Escritora, tradutora, pesquisadora e professora, Paloma Vidal atrelou assim, em seu texto, a literatura e a filosofia, e o fez duplamente: primeiro no assunto, ao abordar um teórico que famosamente decretou a morte da autoridade autoral sobre um texto e que, a seu modo, filosofou a partir da literatura; ao mesmo tempo fez isso na forma, ao incorporar, em registro autobiográfico, suas condições de produção, fazendo deste livro, em última instância, uma obra que está entre a criação e a reflexão.

Não por acaso, ele é resultado de um percurso, a um só tempo teórico e prático, de palestras-performances que buscam, na trajetória de quem escreve, conferir às ideias o corpo.

Foi entre o verso e a prosa, ou entre a poesia e a teoria, que Paloma encontrou sua forma de fazer uma "crítica amorosa" de Roland Barthes. *Não escrever [com Roland Barthes]* não é por isso um livro *sobre* a relação entre filosofia e literatura, mas um ensaio no qual filosofia e literatura, por tanto tempo separadas, encontram-se na própria escrita. É um livro *de* filosofia e literatura. E, assim, convida o leitor a abandonar a preocupação com a divisão entre uma e outra, em prol, pura e simplesmente, da "esperança de escrever".

Pedro Duarte
Tatiana Salem Levy
coordenadores da coleção Ensaio Aberto

APRESENTAÇÃO
POR QUE BARTHES?

Quando começou isso de me fantasiar de Barthes? Gostaria de apresentar este livro tentando responder a essa pergunta, que aparece no início do texto de abertura, "Resistir a Barthes". Mas antes gostaria de explicar a que se refere o "isso" da pergunta. "Isso" foi a forma principal que ganhou uma pesquisa sobre o "Vita Nova", romance não escrito de Roland Barthes. Falar em "pesquisa" coloca este livro no âmbito de um trabalho específico, dentro da universidade, que foi o espaço que o tornou possível. Por uma sorte do cruzamento entre as línguas, eis que em francês a palavra *recherche* tem uma ambivalência muito barthesiana: a pesquisa é também a busca. Ao se cruzarem, esses dois sentidos me levaram a uma forma, a palestra-performance, cujo hífen sinaliza para mim a possibilidade de que a exposição das ideias da pesquisa incorpore um elemento que está no coração de sua busca: o corpo que escreve. Com exceção de "Cadernos com R.B.", os textos a seguir foram apresentados ao vivo em ocasiões diferentes, entre 2016 e 2019, em alguns casos mais de uma vez e com variações. Na passagem para o livro, deixamos rastros, de maneiras diversas em cada texto, da vivência das apresentações, que procuravam corporificar a escrita através da projeção de textos e imagens, da música e da dança, da gravação da voz.

Voltando à *recherche*. Mesmo em português, é assim que com frequência nos referimos ao romance de Marcel Proust, que justamente guia para Barthes o desejo de escrita em um momento específico de sua vida. Proust está presente ao longo de todo o curso *A preparação do romance*, que ele ofereceu entre o final de 1978 e o início de 1980, ano de sua morte. É esse curso que está no começo destes textos, quando me animei a pôr em prática uma crítica amorosa, imaginando o que ronda os momentos em que se torna impossível continuar a escrever. O que Barthes acharia disso? Este livro é fruto dessa imaginação, amorosa porque diz respeito ao que no fim das contas não se poderá saber, mas que, pela força mesma da indagação, mobiliza o desejo quando este se encontra à beira da paralisia.

Associo meu primeiro enamoramento por Barthes ao ano de 1998 e a uma longa greve de professores, no final da minha graduação em Letras na Universidade Federal do Rio de Janeiro. Durante os meses de paralisação, os textos de *O rumor da língua*, lidos junto com aquela que então começava a ser minha amiga mais próxima, diziam a mim e a ela que a literatura não tinha mais donos e que, se a escrita era "a destruição de toda voz", era para que outras vozes pudessem ser ouvidas, e não mais só a do "autor", esse personagem datado e decadente. Já naquele momento, eu sentia uma inquietude entre a liberação que aquelas palavras prometiam e o que poderia ser feito com elas aqui, partindo de referências outras, de dificuldades outras, uma história marcada por violências, exclusões, desigualdades. Por esse amor inquieto, continuei me encontrando com Barthes, e mais intensamente ainda nos cursos que desde 2009 comecei eu mesma a oferecer, como professora universitária. Nessa situação, e com as transformações que ela foi produzindo em mim, a pergunta "Por que Barthes?" — que Éric Marty faz na abertura de *Roland Barthes: O ofício de escrever*, uma das leituras mais importantes para este livro — adquiriu um novo tipo de urgência, ao me engajar em uma busca por ressignificar a relação entre ensino, teoria e escrita, o que se dá compreendendo o saber como situado e relacional.

 A primeira vez que apresentei a série de palestras-performances "Não escrever", que acabou dando título a este livro, foi na Universidade Federal de São Paulo, onde trabalho. Era muito importante para mim que as questões suscitadas por Barthes pudessem, de algum modo, encontrar eco nesse espaço. Ao apresentar outro texto a partir de tais questões, desta vez na Universidade Federal de Minas Gerais, em 2018, às vésperas do trágico desenlace das eleições presidenciais daquele ano, me perguntei se ainda fazia sentido insistir na relação entre elas e o que estávamos vivendo. Não me lembrei então do papel que Barthes atribui à teimosia em sua aula inaugural no Collège de France. E, no entanto, foi disso que se tratou durante os últimos anos: de manter, como ele diz nessa aula, "ao revés e contra tudo a força de uma deriva e de uma espera". Acredito que agora é o momento de publicar este livro, quando estamos recomeçando e vêm chegando outras perguntas.

Paloma Vidal
São Paulo, março de 2023

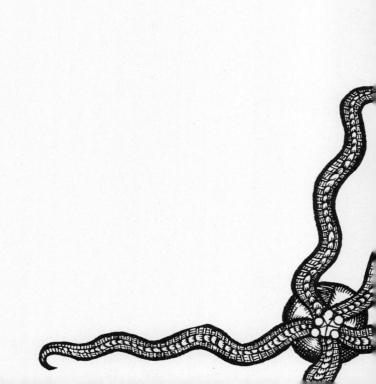

RESISTIR
A BARTHES

COMEÇAR COM A VOZ DE BARTHES

Colocar a máscara

Em outubro de 2018, fiz uma performance sobre Barthes em que usava uma máscara com seu rosto.

Faltavam duas semanas para o segundo turno das eleições presidenciais no Brasil.

Quando terminei, disse a mim mesma que seria a última.

Por quê?

Tirar a máscara

Iniciar projeção com textos e imagens

quando começou isso de me fantasiar de Barthes?

Fotos de Barthes

O CORPO DE BARTHES

O corpo de Barthes, sua voz, seu olhar, uma maneira de olhar, uma maneira de escrever, tomaram em algum momento o meu corpo — seu medo, seu prazer.

Fotos de Barthes

Olhando para as imagens

O corpo de Barthes *não são* estas imagens.

Tela vazia

Não são *só* estas imagens.

É uma escrita.

UM CORPO QUE SE ESCREVE

Antoine Compagnon fala do avestruz
e conta que é com a forma desse animal
que frequentemente Barthes,
que ele chama de "Roland",
aparece pra ele em sonhos.

"j'ai beaucoup aimé Roland"

Ele fala também da voz um tanto nasal
que atribui ao nariz ligeiramente torto à esquerda,
quem sabe por tê-lo quebrado quando criança,
embora ele se pergunte em que circunstâncias,
porque ele não acha que Barthes fosse dessas crianças
que quebram o nariz.

Tela vazia

Em uma cena,
ele o vê atravessando a rua,
na sua direção,
andando com passos curtinhos,
os pés um pouco pra dentro.
Nesses dias comiam juntos
e Compagnon conta que Barthes
comia sempre muito rápido,
lançava-se sobre o prato como se estivesse morto de fome,
e ele acha que não o fazia por voracidade,
mas por tédio.

escrever para ser amado?

Conta Compagnon sobre a rotina do mestre:
"Depois de ter trabalhado a manhã toda, almoçado com a família, feito uma sesta, tocado um pouco de piano ou feito um pouco de desenho (mas as tardes também eram o momento do tédio), tomado um chá com sua mãe, Roland deixava seu lar e emendava encontros nos cafés do bairro no início da noite, depois encontrava a pessoa com quem ele tinha combinado de jantar".

Ao escrever isso,
Compagnon tem a mesma idade
que Barthes tinha ao morrer,
mas Roland lhe parecia muito mais velho,
porque frequentemente se queixava de males diversos:
dores nas costas, dores de cabeça, cansaço, náuseas.

Barthes tinha 64 anos quando morreu.

"j'ai beaucoup aimé Roland"

Compagnon se recrimina por não ter se dado conta
de que ele sofria de verdade,
de que sua crise era real,
quando sua mãe está morrendo
e depois da morte dela.

É com essa morte que Compagnon relaciona
sua decisão de dizer a Barthes
que melhor seria não publicar

seus papéis marroquinos,
quando ele lhe confia os manuscritos.
O *coming out* do mestre lhe parecia
precoce e inapropriado.

Melhor continuar se fazendo de avestruz.

Ao ler postumamente o relato de Barthes
sobre suas noites parisienses,
Compagnon as chama de "caças compulsivas".
Elas o deprimem
por sua "aflição" e por sua "feiura",
que ofendem a imagem que gostaria
de guardar dele.

Tela vazia

O discípulo se pergunta
se Barthes teria conseguido
levar adiante sua *vita nova*
se tivesse sobrevivido ao acidente
que acabou tirando-lhe a vida.

Lembra então de sua tuberculose,
que quando ele era ainda muito jovem
o fez viver num sanatório,
e da evocação que Barthes faz
da doença em sua aula inaugural no Collège de France.

escrever para se proteger?

Mas Compagnon não segue a cena até o final,
quando Barthes começa a falar do seu próprio corpo,
do seu desejo de que seu corpo seja contemporâneo
dos jovens corpos presentes,
esquecendo-se dos medos
do corpo histórico:
"periodicamente" — dizia Barthes ali —
"devo renascer, tornar-me mais jovem do que sou".

Tela vazia

O MEDO

Mais devagar

Barthes escreveu:
"Tenho medo, logo vivo".
E se perguntou se poderia existir
uma "escrita do medo".

Como se relaciona o medo
com sua crítica às ideias que colam,
que colam na gente?
"Como é possível que um corpo *cole* em uma ideia?",
Barthes se pergunta.

Proteger-se das ideias que colam
com a suspensão da palavra,
quem sabe até com o silêncio mesmo.
O silêncio pra não ficar capturado
nas armadilhas da identidade e da militância.

Barthes que diz
"ter medo do que se diz".
Barthes que não se decide sobre fazer análise ou não.
Que voltou da China e não conseguiu dizer
o que tinha achado.
Que ficou doente logo antes de Maio de 68.
Barthes pra quem a política é um tormento.

A suspensão da palavra,
mas não da escrita.
A palavra captura, imaginária,
e a escrita, o que ela faz?

Tela vazia

O livro dessa época: *Sade, Fourier, Loyola*.

Foto do livro

"Nada mais deprimente do que imaginar o Texto
como um objeto intelectual", escreve Barthes nesse livro.
"O Texto é um objeto de prazer."
"O indício do prazer do texto é então
podermos viver com Fourier, com Sade."
"Viver com um autor" — escreve Barthes ali —
"não significa necessariamente
cumprir em nossa vida o programa traçado
nos livros desse autor [...];
trata-se de fazer passar para nossa cotidianidade
fragmentos de inteligível [...]
provindos do texto admirado."

Foto de Barthes

A questão dessa época: o prazer.

Barthes reivindica
o que a doxa política da época
não podia permitir.
"O supereu marxista censura muito facilmente o prazer",
escreve em *O prazer do texto*.
Não se suporta a evidência do prazer:
é isso! É isso pra mim!

Barthes abre esse livro com uma epígrafe de Hobbes:
"A única paixão da minha vida foi o medo".
Medo e escrita podem coexistir?
Poderia existir uma "escrita do medo"?

Tela vazia

O ROMANCE

Em outubro de 2018, fiz uma performance em que usava uma
máscara com seu rosto.

Faltavam duas semanas para o segundo turno das eleições
presidenciais no Brasil.

Quando terminei, disse a mim mesma que seria a última.

Mas antes disso,
antes de 2018,

das eleições,
do trabalho que se iniciou ali
de resistência cotidiana
contra a violência que se infiltra
mais escancaradamente do que nunca
em tudo o que fazemos,
a escrita, o amor,
o prazer, o trabalho,
antes disso, houve um romance.

Eu comecei a viver com Barthes.

"Trata-se de fazer passar para nossa cotidianidade
fragmentos de inteligível [...]
provindos do texto admirado."
O texto admirado é *A preparação do romance*,
último curso de Barthes antes de sua morte, em 1980.

"Admiração" é uma dessas "palavras duplas"
cuja anfibologia Barthes teria amado:
O dicionário me sugere as seguintes definições e exemplos:
1. Consideração especial que se tem por alguém ou algo por
suas qualidades: *sente uma grande admiração pelo seu mestre.*
2. Surpresa, estranheza: *seu vestuário atrevido causou admiração.*

A preparação do romance
me causou admiração
antes mesmo de lê-lo.

Por quê?

PALOMA VIDAL

Me admirava que Barthes
tivesse decidido explicitar
o desejo de escrever um romance
e que o tivesse transformado em objeto
de um curso no Collège de France.

Foto do curso

Me admirava que, sabendo dos riscos,
diante de um projeto de escrita,
de que não se realize,
ele tivesse querido compartilhar seu desejo,
colocando-o à prova,
nessa oficina ao contrário que se tornou o curso.

Me admirava que ele se colocasse à prova
quebrando as expectativas
em torno do crítico que matou o autor.

escrever para se mostrar?

Que ele quisesse provar o romance,
depois do *Império dos signos*,
dos *Fragmentos de um discurso amoroso*,
do *Roland Barthes por Roland Barthes*.

Que pensasse o romance
como um "ato de amor",
como uma maneira
de "dizer aqueles que se ama".

Me admirava porque eu achava
que a preparação
pertencia mais ao romance
do que a ele.

Tela vazia

E porque eu tentava
fazia vários anos,
sem conseguir,
escrever um romance.

Eu comecei a viver com Barthes.

O CORPO DE BARTHES

Um corpo que se escreve
e é escrito por outros.

UM CORPO EM PERFORMANCE

Éric Marty, outro discípulo,
atribui à sua experiência no sanatório
a rapidez de Barthes ao comer.
Também seu hábito de dormir a sesta.
Marty o observa dormir
e diz que Barthes dorme sem sonhar.

Após a morte da mãe de Barthes,
Marty passa as tardes na casa dele
e o ajuda com algumas tarefas.

Por exemplo: responde cartas de desconhecidos,
sempre com a mesma mensagem:
"Roland Barthes, cansado demais,
não pode lhe responder pessoalmente,
mas lhe agradece etc.".

"j'observais Barthes"

Barthes gosta das roupas soltas.
Um dia ele conta que lamenta
que os vestidos tenham se tornado
uma roupa exclusivamente feminina.
Marty o imagina com uma toga romana.
"Imaculadamente branca", diz.

Uma coisa que lhe chama a atenção:
"A quantidade de mulheres
mais ou menos loucas
que Barthes atraía. [...]
Me parecia ver nessas criaturas
o castigo que o mundo feminino
lhe infligia por tê-lo sacrificado
pelo amor de apenas uma, sua mãe".

Conta Marty sobre a mãe de Barthes:
"Falava no estilo de Barthes. Como dizer isso? Certas palavras,
certas inflexões, um tom, havia um espírito 'Barthes' em tudo
o que ela dizia, como se, no fundo, ela fosse realmente a língua
materna da qual Barthes bebia para escrever. O mais curioso
é que esse estilo e esse espírito eram perceptíveis nas palavras
mais simples, e que, já na maneira de ela inclinar a cabeça para

se despedir, encontrávamos algo parecido a uma página dos
Fragmentos de um discurso amoroso".

escrever para se separar?

Às vezes, depois de um jantar com amigos,
brincavam de algum jogo,
brincavam, por exemplo,
de inverter aforismos.
Barthes um dia propôs:
"O único medo da minha vida
foi minha paixão".

Tela vazia

Marty conta que ignorava
as rondas noturnas de seu mestre,
que define como "siderantes",
e depois acrescenta:
"Ou melhor, não devia ignorá-las em nada,
mas não tinha representações delas".
Barthes sabia que ele sabia
e, num fragmento irônico
de "Noites de Paris", escreve:
"Ele me acompanha pela Rue de Rennes,
fica admirado com a densidade de gigolôs,
com sua beleza (sou mais reservado)".

Marty, como Compagnon, se recrimina
por não ter se dado conta
de sua "queda melancólica"

depois da morte da mãe.
Quando sonha com Barthes depois de sua morte
o vê sozinho, em seu pequeno apartamento.
Ele não mudou, mas não escreve mais.

"j'observais Barthes"

Em outro momento,
descreve uma "geografia do trabalho,
arejada, precisa, eficaz, bela".
E acrescenta:
"Barthes não escreve,
ele traça, ilumina, copia.
A tinta azul tinge as páginas brancas.
Ele organiza as folhas em pastas ou pequenas pilhas
esteticamente perfeitas,
ele recorta, rasura, volta atrás,
retoma, traça, cola, grampeia,
observa, olha, muda de posição".

NÃO ESCREVER

Isto aqui faz parte
de um grupo de textos
que escrevi entre 2015 e 2018,
a partir de uma inquietude relacionada com os momentos
em que, por motivos pessoais, por motivos políticos,
por motivos difíceis de entender ou de explicar,
se torna impossível continuar a escrever.

Barthes não escreve, prepara.
Ao longo de 24 sessões,
de 2 de dezembro de 1978
a 23 de fevereiro de 1980,
faz uma performance do romance,
faz *como se* escrevesse,
escreve enquanto não escreve.

Escreve outras coisas,
mas não escreve o romance:
um curso sobre "A preparação do romance";
um ensaio sobre como Proust passou
do ensaio ao romance;
um ensaio sobre como Stendhal passou
do diário ao romance;
um ensaio sobre escrever, ou não, um diário;
vários diários: de luto, de desejo.

O curso é um catálogo
de possibilidades e de dificuldades:
o mundo, o amor,
os horários, a solidão, a doença,
Proust, Flaubert, Kafka,
suas cartas, seus diários, suas preparações.
Barthes termina se perguntando:
por que não escrevo *já* o romance?
Por que *ainda* não o escrevi?

"O inacabamento ou o fracasso
dessa obra romanesca
não devem ser interpretados",

escreve Tiphaine Samoyault,
sua biógrafa mais recente.

O MEDO

No número de julho de 2018
da revista *Roland Barthes*
sobre "Os porvires de Barthes",
Samoyault publica um texto intitulado "La Peur", "O medo",
que começa assim:
"A *démarche* biográfica é uma *démarche* de compreensão".
Tenho dificuldade de traduzir "*démarche*".
O dicionário me diz:
passagem, processo, procedimento, prática.
Continua Samoyault:
"A insistência de Barthes sobre o medo continua sendo o que
escapa à minha compreensão depois de ter trabalhado vários
anos sobre ele
e, sobretudo, depois de ter *escrito* sobre ele".
Samoyault faz então uma lista,
de 24 itens,
do que Barthes tem medo:

da repetição
de reler seus livros
de não poder escapar dos estereótipos
da afasia
de não ter nada mais a dizer
de dizer velharias
de dizer equívocos
de dizer tolices

do ciúme
de ter ciúme
da deliberação
dos rumores
da cena
do teatro
das fugas da subjetividade
de estar deslocado
de estar sozinho
da [sua] própria destruição
de morrer
da linguagem
da [sua] linguagem
da palavra

Barthes tem medos noturnos

Barthes tem medo de escrever

O CORPO DO ROMANCE

Tirar o vestido

Em outubro de 2018, fiz uma performance sobre Barthes em que usava uma máscara com seu rosto.

Faltavam duas semanas para o segundo turno das eleições presidenciais no Brasil.

Quando terminei, disse a mim mesma que seria a última.

Um pouco antes eu tinha começado
a escrever um romance.
É sobre amor e política.
É sobre uma menina que eu fui,
sobre seu corpo adolescente.
É sobre os anos 1980 no Brasil.
Sobre uma década que termina
com a queda do muro de Berlim
e a eleição do Collor.

Barthes não viu isso.

É sobre o amor.
É sobre o ódio.
É sobre um país
atravessado pela violência.
Sobre um mundo
que termina.
Não pode ser
uma escrita do medo.

Digo isso a Barthes:
"Não pode ser uma escrita do medo".
Ele olha pra mim e não diz nada.
Leio então pra ele o começo
do romance:

No final, você me dizia o tempo todo que eu complicava as
coisas. Um lado de mim te odiava. O outro, o que continuava
a te amar, tentava entender o que isso queria dizer. É esse
outro que vai experimentar contar a nossa história.

NÃO ESCREVER [COM ROLAND BARTHES]

Convido-o pra dançar.
Ele resiste.
Mas afinal
diz que sim.

Ligar gravação de "Que país é este", do Legião Urbana

Dançar

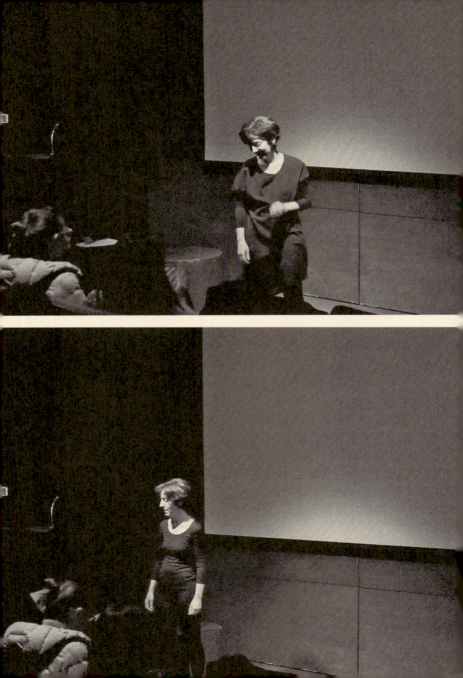

CADERNOS
COM R.B.

Um texto são muitos textos. Este, em particular, foi sendo escrito de várias maneiras concomitantes: um texto em versos para ser lido em uma performance; anotações para um curso na universidade; um diário que conta uma viagem à França para investigar o romance não escrito por Roland Barthes, "Vita Nova". Morei lá durante sete meses, com meus dois filhos, em um apartamento alugado de uma professora que havia se mudado para o Japão, país que Barthes visitou várias vezes e que estava ligado para ele à possibilidade de escrever. Escrevi esses textos entre 2015 e 2018, a partir de uma inquietude relacionada aos momentos em que — por motivos difíceis de entender ou de explicar, quem sabe pessoais, políticos, criativos — se torna impossível continuar a escrever. A todos dei o nome de "Não escrever". Este é um trecho do diário da viagem. Quando o releio hoje, parece um sonho, não porque tenha sido uma ilusão ou um idílio, mas pela sensação de intervalo e de exterioridade, de algo que interrompeu a experiência e não me pertenceu inteiramente.

É hora, então, de começar. Há alguns dias, a mãe de um colega do Felipe me perguntou o que eu estou fazendo aqui. Contei sobre R.B.: "Laurent Barthes?", ela perguntou. Repeti o nome e expliquei quem era. Ela quis saber mais e falei sobre o romance não escrito. Ela exclamou: "Ah! Você veio aqui para escrevê-lo". Rimos. Pensei que seria uma espécie de profanação. Com esse pensamento, começo a ler o livro da Claudia, que trouxe comigo do Brasil. Tem um prefácio que eu agora vou pular. Tem uma dedicatória: "Para Emílio, porque tudo isso é só sobre nós dois". Acho linda e intrigante. Profanação e amor — é isso que tenho na cabeça ao começar. Continuo a leitura e não sei mais o que fazer com esses pensamentos. Barthes escreveu ou não escreveu o romance? Diana Knight,

Éric Marty, Antoine Compagnon podem ajudar a responder essa pergunta? Não é ela a profanação? É para isso que estou aqui? Um crítico escreve: "O fracasso do projeto é resultado de sua intertextualidade vasta demais". Então é isso: ele exagerou na leitura, por isso não escreveu? Gosto de que, em vez de assumir o fracasso, Claudia pense em uma espécie de romance infinito. O livro dele seria um álbum. Gosto que ela assuma que muitas perguntas não têm resposta, em vez de querer ser dona do desejo de R.B. Ele queria escrever esse ou aquele livro. Ele não queria. Ele não conseguiu. Por que supor que o que Barthes escreveu nos manuscritos do "Vita Nova" certifica mais sua vontade de publicar tais papéis ou tais outros do que o modo como os deixou dispostos sobre a mesa? Talvez não haja opção para quem se dispõe a ordenar um arquivo, trabalho de detetive. Claudia propõe os seguintes temas: "Escrever a vida", "Escrever o romance", "Escrever a língua", "Escrever o amor". Começo pelo final. Quando pergunto sobre a dedicatória, ela me diz que no "Vita Nova", tanto como em *A câmara clara* e em *Diário de luto*, a questão de Barthes era o luto da mãe e que por isso a relação entre ela e o Emílio se apresentava de uma maneira muito forte no livro. Para mim, ao ler a dedicatória, o que veio foi a relação com a viagem, e não com o luto. Talvez por se tratar de um filho pequeno, de uma mãe jovem, mas principalmente porque logo imaginei os dois sozinhos aqui, enquanto Claudia fazia a pesquisa. Os dois sozinhos e juntos. "No discurso amoroso, como veremos, esse 'eu amoroso' tem a ilusão de chegar a essa completude para sempre perdida." Aprendo com ela sobre a dinâmica do seminário dado por Barthes em torno do discurso amoroso entre 1974 e 1976. Havia um "diário amoroso" e seus alunos eram convocados a compartilharem suas experiências. Barthes estabelece uma conexão entre luto amoroso e cena analítica. Ao que parece, há algo de terapêutico no seminário. E quanto à escrita? "Saber que não se escreve para o outro, saber que as coisas que vou escrever não me farão jamais amado por quem eu amo, saber que a escrita não compensa nada, não sublima nada, que ela está precisamente *aí onde você não está* — é o começo da escrita." Me detenho nessa frase. Saber que a escrita não traz o amor de volta. Ela faz o que com esse amor? Ela é a realização da perda. Ela permite deixar o amor de lado. Me lembro do livro *O fim da história*, de Lydia Davis, que Leonardo me recomendou. Ainda não li. Procuro na Amazon. Dá para ler o início antes de comprar. A narradora conta que, um ano depois da separação, seu ex enviou a ela um poema pelo correio, endereçado como uma carta, com seu nome, um poema sobre *"absence, death, and rejoining"*. Tenho dificuldade em traduzir *rejoining*. "Reencontro", talvez. O que ela esperava não era isso, e sim os mais de trezentos dólares que ele lhe devia, que poderiam estar em um envelope como aquele, mas não estavam. Sem saber o que responder, ela responde contando exatamente o que aconteceu: o recebimento do poema, a expectativa não cumprida, a dúvida sobre o que fazer. Um tempo depois, ela vai à procura desse homem, no endereço que estava no envelope, e não o encontra. A história parece ter chegado ao fim quando, pouco depois, sentada no canto de uma livraria, um desconhecido lhe oferece uma xícara de chá. Ela conta: "Esse parecia ser o fim da história, e por um tempo foi também o fim do romance — havia algo de tão definitivo naquela xícara amarga de chá. Então, embora ainda fosse o fim da história, eu o coloquei no início do romance, como se eu precisasse contar o fim primeiro para continuar e contar o resto".

Ela encontra, assim, um jeito de começar que lhe permite continuar. Claudia, ao aproximar amor, loucura e fotografia em sua leitura de *A câmara clara*, diz que "o seu projeto de romance, 'Vita Nova', pode ser concebido como uma continuação dessa busca (ou construção) de lugares loucos, onde o amor ainda possa viver". Fazer viver o amor. Realizar sua perda. Penso que são formas de uma continuação possível.

Nasceu o filho da Magali. Você achou graça da coincidência com o nome do seu autor favorito. Ela enviou uma foto do bebê vestido com o quimono da maternidade. Imagino-a nesse lugar, tento, ao menos. Imagino, sobretudo, uma série de dificuldades, com a língua, com os métodos, com a comida, mas é provável que ela não sinta nada disso. Ela escreveu no seu livro: "Roland Barthes se encontrou deslocado em um mundo onde seus próprios códigos culturais não eram mais eficientes. Despojado de sua capa cultural, o sujeito Barthes, submetido a uma transformação profunda, se integra com suavidade como um material maleável em um universo de representação *estranha*". Será que ela se integra com suavidade? A palavra em francês é *souplesse*. Hesito ao traduzi-la. Maciez, flexibilidade, maleabilidade, brandura? O som de nenhuma dessas palavras dá para mim a ideia do sopro que eu ouço em *souple*. Em todo caso, ela não é *souple*. Eu não a descreveria assim. Ela é sólida. Dura. Mas tem também uma agilidade, na fala e nos movimentos, que é sem dúvida uma espécie de suavidade. Ela me parece ter uma suavidade sistemática, se é que isso é possível. Como será que está se organizando com o bebê? Não consigo imaginar. Vou até a cozinha, até o mapa que ela deixou colado na parede, um mapa de Kyoto, ao lado do qual eu colei um mapa de Paris. Ele não me diz nada. Tenho me impressionado com minha incapacidade para ler mapas. O de Paris mesmo: na minha cabeça, cada hora o sul está em um lugar diferente. Como eu seria então capaz de ler, à distância, um mapa de uma cidade japonesa? E mesmo se eu fosse capaz, se eu entendesse onde estão o norte e o sul, onde está Kyoto dentro do Japão, onde está a casa dela dentro de Kyoto — mesmo se eu fizesse isso, eu nada saberia sobre o dia a dia dela ali, com seu bebê recém-nascido. "No Japão, a cotidianidade está estetizada", escreve Barthes. Segundo Magali, há para ele "uma certa estética do cotidiano feliz reencontrada no Japão". O que será que ela encontrou, ou reencontrou, no Japão? Escrevo isso e penso o pouco que essa pergunta tem a ver com ela, com o que eu sei dela. De repente me vejo biógrafa. "Se eu fosse escritor, e estivesse morto, como eu gostaria que minha vida se reduzisse, pelos cuidados de um biógrafo amigável e desenvolto, a alguns detalhes, a alguns gostos, a algumas inflexões." Mesmo sem saber quase nada do Japão da Magali, é possível ligá-lo ao de Barthes de um jeito que permite criar uma narrativa de vidas que se cruzam.

Começo. Recomeço. Desta vez, começo, com certa solenidade, a ler a biografia de R.B. escrita por Tiphaine Samoyault. Com notas, índices, créditos, tem 715 páginas. Duvido da minha capacidade de chegar ao fim, mas não vou falar disso agora. Tenho pela frente, hoje, um prólogo e uma introdução. Ela começa pelo fim. Pela morte. Pelos detalhes da morte. Entendo que, com uma biografia, a gente aprende. A gente finalmente fica sabendo — os detalhes, os fatos. Como um romance, só que é verdade. É verdade e é como um romance. Samoyault imagina o dia do acidente: "Depois se prepara para o almoço, não sabendo bem o que o levou a aceitar o convite".

PALOMA VIDAL

Imagina-o deixando sua casa, com papéis sobre a mesa, aos quais voltaria depois. Ela entrevista, ela lê. Ela se apropria das ficções dos outros. "Ela lhe diz assim mesmo que o adorava, que devia a ele seu primeiro trabalho em Paris, que ele a ensinara a ler, que eles viajariam de novo juntos, ao Japão, por exemplo." Quem fala é Olga em *Les Samouraïs*, romance de Julia Kristeva. Talvez ele duvidasse disso. Talvez ele duvidasse desse amor. E se escrever fosse, afinal de contas, para ser amado? E se a incerteza de conseguir "bloqueasse a vontade de viver?", pergunta a biógrafa. É para falar da morte e do amor que Barthes continua escrevendo. Uma questão que se coloca para ela é como contar a vida de alguém que já escreveu tanto sobre sua própria vida. Nesse momento, ela cita o trecho sobre o biografema. Traduzo de novo: "Se eu fosse escritor, e estivesse morto, como eu gostaria que minha vida se reduzisse, pelos cuidados de um biógrafo amigável e desenvolto, a alguns detalhes, a alguns gostos, a algumas inflexões, digamos 'biografemas', cuja distinção e mobilidade poderiam viajar fora de todo destino e vir tocar, ao modo dos átomos epicurianos, algum corpo futuro, prometido à mesma dispersão". Ele próprio fez isso em *Roland Barthes por Roland Barthes*. São muitos os textos que se debruçaram sobre a relação entre vida e obra em Barthes: as biografias anteriores (de Louis-Jean Calvet e de Marie Gil), os testemunhos de quem o conheceu (Éric Marty, Colette Fellous, Antoine Compagnon ou Tzvetan Todorov), os romances que o têm como personagem (de Sollers, Kristeva, Thomas Clerc e Jorge Volpi), os ensaios críticos (Claude Coste, Bernard Comment, Philippe Roger e vários outros). Qual seria a diferença do trabalho de Samoyault? Simplesmente uma insistência na linearidade e na unidade, apoiada em um trabalho consistente e aprofundado sobre os arquivos, muitos antes inacessíveis. Outra diferença importante: não ser contemporânea de Barthes. Não tê-lo conhecido, ter nascido em 1968, ter lido *Diário de luto* em 2009. Estar lendo esse livro em fevereiro de 2009, quando sua própria mãe morreu. É isso que faz seu trabalho começar. Ela então começa por sete folhas "perdidas em uma caixa de documentos biográficos e administrativos". Sete folhas e uma breve cronologia, escritas por ele. Uma tentativa de autobiografia, que se inicia em 1915, em Cherbourg. No ano seguinte, a morte do pai, marinheiro, e uma confusão de datas: "1915 [sic]-1924: viúva, minha mãe se retira a Bayonne". Ela então começa pelo mar, de Cherbourg a Bayonne. E pela ausência do pai: "Perdendo-se no mar, seu pai não o priva somente de autoridade e de força de oposição, ele o coloca em desequilíbrio". Ela começa pelo par *mer/mère*. O pai se perde no mar e o deixa só com a mãe. Esse abandono cria a necessidade de se recriar a si mesmo, apoiado na âncora materna.

Não sei se Magali imagina até que ponto sua casa foi invadida. É muito possível que ela não veja as coisas desse modo. O que ela diria se visse que colei o mapa de Paris ao lado do seu mapa de Kyoto? Que escrevo isto com sua caneta laranja, em um caderno que achei em uma de suas gavetas? Que me fantasio dela, usando seu casaco de veludo verde e seu chapéu marrom de feltro? Que passo horas diante de sua biblioteca reorganizando os livros segundo os meus desígnios? Que leio *O império dos signos* em seu volume das obras completas e não começo pelo texto de Barthes, mas pelos post-its rosa colados na parte superior das páginas, com pequenas notas? "O mapa de Tóquio — os endereços — centro vazio." O "vazio" está sublinhado duas vezes. O livro de Barthes é de 1970. Está dedicado a

Maurice Pinguet, nome que ela acompanha de um ponto de interrogação. Depois destaca a apresentação inicial em que Barthes propõe que o texto não comenta as imagens e as imagens não ilustram o texto. Ela sublinha "vacilação visual", movimento que Barthes associa ao *satori* do Zen. A palavra aparece muitas vezes na *Preparação do romance* para pensar o que ele quer do seu "Vita Nova". No "Epílogo" do livro da Claudia, encontro uma frase que me chama a atenção: "Barthes pensava em não publicar o romance em si, mas os fragmentos de uma grande obra inacabada, justamente o romance 'Vita Nova'". Ele queria publicar o percurso e não o resultado. Talvez porque ele não quisesse escrever um romance no sentido de terminar um romance, mas no sentido de estar escrevendo, de se manter na escrita, de poder continuar a escrever. Qual é a vantagem disso? O que isso lhe dava? Claudia cita um trecho sobre o Tao, da *Preparação*: "Método = caminho (Grenier, Tao = Caminho. O Tao é, ao mesmo tempo, o caminho e o fim do percurso, o método e sua realização. Mal tomamos o caminho e já o percorremos). Tao: o importante é o caminho, o andar, não o que se encontra no fim — a busca da Fantasia já é uma narrativa → 'Não é necessário esperar para empreender nem triunfar para perseverar'". Não é uma pulsão negativa de não escrever, mas uma pulsão vital de não terminar. Barthes escreveu o romance, mas não o terminou. Por causa da morte real, mas pode ser que isso não faça tanta diferença, afinal de contas. O importante é que o que se escreve tenha uma verdade em relação à vida, que seja a possibilidade de encontrar o "momento de verdade", o *satori*, que também interessa a Magali, no trecho mais longo que ela sublinha do livro. Traduzo: "Que um tênue filete de luz busque, não outros símbolos, mas a própria fissura do simbólico. Essa fissura não pode aparecer no nível dos produtos culturais: o que é aqui apresentado não pertence (pelo menos o desejamos) à arte, ao urbanismo japonês, à cozinha japonesa. O autor jamais, em sentido algum, fotografou o Japão. Seria antes o contrário: o Japão o irradiou com múltiplos clarões; ou ainda melhor: o Japão o colocou em situação de escrita. Essa situação é exatamente aquela em que se opera um certo abalo da pessoa, uma reviravolta das antigas leituras, uma sacudida do sentido, dilacerado, extenuado até seu vazio insubstituível, sem que o objeto cesse jamais de ser significante, desejável. A escrita é, em suma, e à sua maneira, um *satori*: o *satori* (o acontecimento Zen) é um abalo sísmico mais ou menos forte (nada solene) que faz vacilar o conhecimento, o sujeito: ele opera um *vazio de fala*. E é também um vazio de fala que constitui a escrita; é desse vazio que partem os traços com os quais o Zen, na isenção de todo sentido, escreve os jardins, os gestos, as casas, os buquês, os rostos, a violência".

Do Abribus, bar onde me sento depois de deixar os meninos na escola, é possível ver, ao fundo da Rue de Fontarabie, o Cité Adrienne. Ainda não contei a Adriana que o prédio onde moramos se chama assim. Não é um prédio, como Antonio faz questão de esclarecer cada vez que uso essa palavra: é um condomínio. Essa palavra também não nos parece muito apropriada e é ele quem acrescenta: "Não é *bem* um condomínio". São vários prédios, de diferentes tamanhos, mais baixos, mais altos, ocupando boa parte da quadra entre as Rue de Bagnolet, Rue des Pyrenées e Rue de Fontarabie. Logo que cheguei ao apartamento da Magali, achei entre suas coisas um livro sobre este bairro. Ali ninguém fala do Cité Adrienne. É um livro sobre a história do 20.º *arrondissement*, que tem origens operárias. Em que momento o que havia ali desapareceu para dar lugar a estes blocos geométricos? Sim, são blocos geométricos e, ao mesmo tempo, dissimétricos. Fico tentando desenhar mentalmente essa geometria, mas fracasso porque ela parece se contradizer: as formas são muito bem definidas em cada pedaço; entre um pedaço e outro, a lógica que as constrói muda, e mesmo dentro de cada pedaço. Há geometria sem simetria, e eu não consigo dissociar uma da outra. A cidade, em geral, penso, não consegue dissociar uma da outra. Nesse sentido, o Cité Adrienne desafia tudo o que eu poderia ter imaginado sobre este lugar. Tudo o que eu imaginei sobre ele e sobre nós nele. Lembro da frase da Magali: "Espero que vocês gostem da nossa casa tanto quanto nós". Não sei se é possível gostar do Cité Adrienne. Uma vez por dia, me posiciono em alguma janela, da sala, da cozinha, do bar, e tento fazer um desenho. Faço isso com uma caixa de lápis de cor dela. Os desenhos saem meio japonizados, traços finos, cores pastéis. Não sei se gosto, mas gosto de fazer. Anoto embaixo de um deles o que Antonio disse assim que chegamos: parece paulista, que engraçado.

R.B. não quer aprender japonês. Ele quer permanecer na estranheza que lhe provoca a possibilidade, ou a impossibilidade, de "imaginar um verbo que seja ao mesmo tempo sem sujeito, sem atributo e, no entanto, transitivo". Manter a transitividade sem sujeito e sem atributo: escrever sem definir? Seriam nossas línguas capazes de fazer isso? Ajudando meus filhos a estudar francês para a escola, percebo essa lógica implacável relacionada a uma ordem específica. É uma disciplina à qual as escolas francesas se mantêm muito fiéis. R.B. também. Penso isso ao ler suas descrições da comida japonesa. Ao mesmo tempo, como nota Magali, pelo efeito da combinação dos fragmentos, e dos fragmentos com as imagens — nessa composição, nessa disposição —, talvez seja possível romper com a ordem, como em um haicai. Mas não teria sido melhor se decidir por outra forma? "A comida não passa jamais de uma coleção de fragmentos, dos quais nenhum é privilegiado por uma ordem de ingestão: comer não é respeitar um cardápio (um itinerário de pratos)." Ao voltar de sua segunda viagem, Barthes escreve a Pinguet contando que teve um sonho em que seu quarto na Rue Servandoni se comunicava diretamente "com aquela ruela de Shibuya onde se encontra o bar PAL". Traduzo do livro de Samoyault. Uma comunicação assim, direta, é difícil. O haicai atrai, parece fácil, simples, como um passeio, caderno na mão, anotando suas impressões, mas no Ocidente tudo se transforma pelo símbolo e pelo raciocínio. A imagem que lhe ocorre é a do haicai como uma casa vazia que seria arrombada por nossa vontade de significar. Ele está fascinado com a possibilidade de uma suspensão do sentido, como no *satori*, "suspensão pânica da linguagem, o branco que apaga em nós o reino dos Códigos, a quebra dessa recitação interior que constitui nossa pessoa". Como escrever assim? Barthes confia na possibilidade de escrever "incidentes". A fragmentação do livro poderia levá-lo nessa direção. No entanto, ele comenta — comenta o Japão, o haicai, a comida, a papelaria. Distingue. Compara. Opõe. O livro me chateia. Queria que ele fizesse outra coisa com isso. Vou de novo a Samoyault. Gosto de saber que ele queria passar uma temporada mais longa no Japão. Que, no final das contas, começou a aprender japonês. Que fazia listas de palavras nos seus cadernos. Fico querendo ver esses cadernos. Para quê, exatamente? Volto ao *Império dos signos*. Como eu gostaria que ele escrevesse? Leio na contracapa do volume das obras completas o trecho sobre o biógrafo que está em *Sade, Fourier, Loyola*. O trecho coloca um problema de tradução: ele escreve *"Si j'étais écrivain, et mort"*, o verbo *"être"* aparece uma só vez, mas é utilizado como "ser" e "estar". Não tenho o livro em português aqui comigo para ver como o tradutor, Mario Laranjeira, resolveu isso. Acho que o melhor seria: "Se eu fosse escritor, e estivesse morto". Poderia ser divertido também escrever "Se eu estivesse escritor, e morto" ou "Se eu fosse escritor, e morto". No final desse livro, uma série chamada "Vidas", que me encanta. Numeradas, as biografias-bonsai narram cenas que ligam a vida, a escrita e a leitura, com um humor suspendido. No fragmento 13.º, ele escreve: "Sade tinha uma fobia: o mar. O que daremos para as crianças lerem nas escolas: o poema de Baudelaire ('Homem livre, sempre adorarás o mar...') ou a confidência de Sade ('Sempre temi e detestei prodigiosamente o mar...')".

Hoje foi dia de passeio na turma do Felipe. *Sortie*, eles dizem. Não estava preparada para que ele saísse pela cidade sem mim. Então foi um alívio quando a professora me perguntou se eu poderia acompanhar a turma, para ajudar a cuidar das crianças. A escola sempre solicita voluntários entre as mães e os pais, porque a professora e a auxiliar não dão conta de levar as crianças de metrô ou de ônibus, atravessar ruas, subir escadas, acompanhá-las ao banheiro e tudo o mais que acontece em um passeio como esse. Neste caso, ao Palais de Tokyo, para ver uma exposição chamada *A Borda dos Mundos*. Traduzo da filipeta: "É possível fazer obras que não sejam 'de arte'? Interrogando-se com Duchamp sobre a essência da criação e seus territórios, o Palais de Tokyo explora os mundos intersticiais, nos limites da arte, da criação e da invenção. A exposição *A Borda dos Mundos* convida a uma viagem aos confins da criação, revelando as prodigiosas buscas e invenções de visionários para além do território tradicional da arte". Hesito sobre como traduzir *"recherche"*, e só agora me dou conta do duplo sentido da palavra, que aqui poderia ser tanto "busca" como "pesquisa". Todos nós ficamos fascinados com as imensas criaturas de praia de Theo Jansen, correndo pela areia, carregadas pelo vento, e me dá vontade de levar os meninos para ver o mar. Duas guias jovens, pacientes e severas, fazem as crianças se sentarem em círculo e vão extraindo a explicação sobre o mecanismo criado por Jansen dos comentários delas. Elas entendem o que a gente fala? Onde elas moram? O que elas comem? Qual o seu nome? A professora intervém e pergunta: "Vocês acham que são bichos de verdade?". Felipe faz "sim" com a cabeça. Ele entendeu a pergunta. Me surpreende que ele tenha entrado nessa língua tão rápido. Laura, que está do meu lado, parece ler meus pensamentos e comenta exatamente isso. No metrô de volta, ela me pergunta como anda "o livro de Barthes". Desde nossa primeira conversa passou a chamá-lo assim e a me perguntar sobre ele. Até a estação Buzenval são dezenove estações. Eu teria tempo o bastante para responder à pergunta que ela me faz, me pegando de surpresa: "Por que você se interessa tanto por esse Barthes?". Eu poderia tentar reproduzir para ela as explicações que dei no meu projeto de pesquisa. Mas não é isso que a pergunta dela me faz perguntar a mim mesma. Só depois, já em casa, me lembro do livro de Éric Marty, *Roland Barthes: O ofício de escrever*, que começa perguntando: "Por que Barthes?". O livro é a resposta dele. De pé no metrô, diante da Laura, penso em você. Digo a ela que é como um amor, evidente, mas difícil de explicar.

NÃO ESCREVER

Cara senhorita,

Agradeço-lhe de todo o coração a atenção que tem dispensado ao meu trabalho.

Acredito que deveríamos tratar seriamente de minha viagem ao Brasil no próximo verão, pois estou bem decidido a fazê--la; mas gostaria de indicações *precisas*: itinerário, duração, número de apresentações, condições materiais.

Pode se ocupar um pouco disso em São Paulo?

Obrigado — e perdoe o trabalho que corro o risco de lhe dar. A seu dispor

R. Barthes

por onde começar

NÃO ESCREVER [COM ROLAND BARTHES]

Eu pensei que assim
poderia começar
este "Não escrever",
a última parte de um trabalho
iniciado em 2015,
antes de uma viagem,
e depois de alguns anos
tentando escrever
um romance, não escrito.
Eu pensei que eu poderia começar
com a viagem não realizada
por você, ao Brasil,
agora que eu mesma,
depois de realizada minha viagem
ao seu país,
pra tentar entender por que você
não escreveu seu romance,
estou de volta aqui,
ao Brasil.
Eu queria saber
o que você acha.

Porque eu poderia muito bem
começar
de outra maneira.
Por exemplo,
com a voz de um menino,
meu filho,
que foi e voltou da França
pelo desejo de outra pessoa,
o meu,
de viajar para escrever,
e aprendeu outra língua,
e aprendeu a viver
num lugar outro,
e agora está de volta,
aqui, no Brasil.
Esse menino poderia dizer
assim:

Eu queria começar
te contando
como foi pra mim
voltar pra São Paulo
naquele inverno de 2016.
A gente vinha do verão
e aqui fazia muito frio.
Você começava todas as conversas dizendo
que era o inverno mais frio
de todos os tempos.
Eu ficava me perguntando
o que "todos os tempos"
queria dizer.

Você estava muito preocupada,
obcecada mesmo, com isso,
e me fazia andar com um casacão
e umas pantufas enormes
dentro do apartamento.
Eu me mexia devagar,
pra não cair,
pra não derreter.
Eu tinha medo,
mas não era do frio.
Eu perguntei pra você se o cérebro
seria capaz de fazer o coração
parar.
Você disse que achava que não,
meio distraída.
No que será que você
estava pensando?

Ligar gravação de "On ira", de Zaz

incidentes

Todo mundo aqui em São Paulo me diz que é preciso ter cuidado. Não se deve sair à noite. Eu não discuto. Há sobretudo uma senhora, muito amável, que me repreende como se eu fosse um menino. Alguma coisa no estrangeiro desperta essa atitude, que me irrita profundamente. Não estou aqui para isso. Para que então? O porteiro do hotel, um rapaz que não teria chamado minha atenção não fosse seu hábito de me cumprimentar em francês — *Bonjour*, senhor —, já conhece meus horários. E não me faz nenhuma repreensão.

Roland Barthes poderia
ter vindo
ao Brasil.
Entre meados dos anos 1960
e início dos anos 1970,
ele faz inúmeras viagens:
ao Japão, à Espanha,
ao Marrocos, aos Estados Unidos,
à China.
Na biografia que escreve sobre ele,
Tiphaine Samoyault diz que:
"O que atrai
Barthes viajando
são menos as riquezas culturais
de um lugar,
suas curiosidades turísticas,
do que o modo como
as pessoas vivem,
os objetos do cotidiano,
as maneiras que têm
os corpos
de se deslocarem
no espaço".

Então por que não
imaginar esse homem
aqui
sendo levado
de lá pra cá,
de carro,
vendo do lado de fora,
pelo vidro da janela,
pessoas desconhecidas,
corpos a se deslocarem
por uma metrópole
desconjuntada.
Vendo um ônibus
que as levará
para outras cidades
dentro da cidade:
Paraisópolis,
Cidade Ademar,
Americanópolis,
Vila São Paulo.

NÃO ESCREVER [COM ROLAND BARTHES]

Ou — será? —
você mesmo
num ônibus
que te levará
da Vinte e Três de Maio
a um bairro desconhecido,
atravessando
a cidade infinita.
Um bairro que emenda no outro,
alguns cachorros,
algumas crianças,
um bar quase abandonado,
mas não,
porque há sempre
alguém que chega
no final do dia,
pede uma cerveja,
pega a garrafa e o copo,
e se senta
e fica olhando
o horizonte
que não há.

Cara senhorita,

Infelizmente, ainda não poderei ir ao Brasil este ano.

Compreenda-me: tenho um contrato marroquino até outubro, e seria delicado para mim pedir um afastamento, mesmo durante as férias.

Peço-lhe desculpas e lamento profundamente esse novo adiamento; temo que a amabilidade brasileira acabe se cansando dessas protelações — porque tenho um desejo vivo e sincero de descobrir o Brasil e, se todos ainda estiverem de acordo, tenho o firme projeto de fazer essa viagem proximamente.

Obrigado de todo o coração por tudo isso.

Muito cordialmente seu

R. Barthes

incidentes

A amável senhora propõe me levar ao bairro japonês, que se chama Liberdade. Embora exausto, sou incapaz de me negar ao convite. Temo uma decepção de ambas as partes. Sou levado de carro, como de hábito. A tarde está quente, a rua, cheia de automóveis e motos. Meu desejo está em outra parte. Estacionamos e andamos algumas quadras. Eu me pergunto por que ela me levou ali, se parece ter medo de tudo. Anda apreensiva, agarrada à sua bolsa, e pretende me transferir um sentimento que eu não tenho. Uma menina se dirige a mim nessa língua que eu não compreendo. Pouco tempo depois, eu a vejo de novo e ela me reconhece. Nos olhamos nos olhos pela segunda vez.

No primeiro dia de aula de F.
na escola da Rue de Fontarabie,
não houve aula.
Era dia de passeio,
sortie, eles dizem.
Saída, já no primeiro dia,
na primeira semana,
a primeira semana de janeiro,
quando se completaria
um ano do atentado no jornal
Charlie Hebdo.
Saída para a cidade.
Eu tinha medo.
Ele não.
Eu estou aqui.
Ele confia nisso.
Confia no meu desejo.
A professora me diz que
eu posso acompanhar a turma.
Vamos todos ao
Palais de Tokyo.
Nem ele, nem eu
nunca havíamos estado lá.
Os 20 alunos de
sua nova turma
saem de mãos dadas,
dois a dois,
a cada dois pares
de alunos,
uma mãe ou
um pai.

Andamos
da Rue de Fontarabie
ao metrô Buzenval.
Dali são dezenove estações.
As crianças conversam entre si,
a professora e os pais
estão em silêncio.
Peço a F. que fique
do meu lado.
Eu estou aqui.
Uma das mães se aproxima.
Ela me pergunta
o que fazemos na França.
Digo a ela,
pra simplificar,
que estou fazendo uma pesquisa
sobre Roland Barthes.
"Laurent Barthes?",
ela me pergunta.

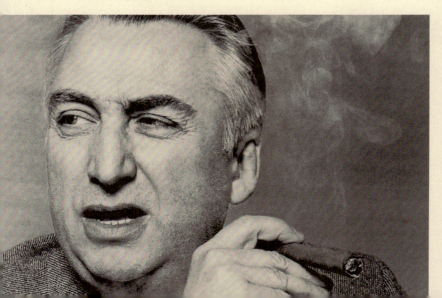

Cara amiga,

Devo confessar, hesito mais uma vez em me comprometer a ir ao Brasil no próximo verão.

Há 5 meses não paro de preparar cursos, conferências e pequenos artigos, e estou deprimido por não trabalhar a fundo para mim mesmo; só posso fazer esse trabalho de fundo durante o verão e é para mim uma angústia absorvê-lo novamente em uma longa viagem, ainda mais porque estou bastante cansado.

Minha posição é a seguinte: seria preciso ir por pouco tempo, oito a dez dias, de preferência no fim de setembro.

Você pode ver rapidamente a questão?

Obrigado, de todo o coração — e amistosamente — a seu dispor

R. Barthes

Eu pensei que eu poderia começar
com a viagem não realizada
por você ao Brasil.
Você poderia ter vindo ao Brasil,
mas não veio.
Nas cartas que enviou
a Leyla Perrone-Moisés,
entre 1970 e 1971,
você dá alguns motivos pra isso,
outras viagens,
muito trabalho,
cansaço.
Fico me perguntando
sobre o desejo,
sobre seu desejo,
vivo e sincero,
de descobrir o Brasil.
Sobre o que se espera
de um lugar.
Sobre o que você teria visto,
ou não,
neste lugar.

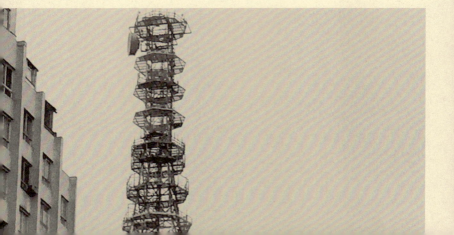

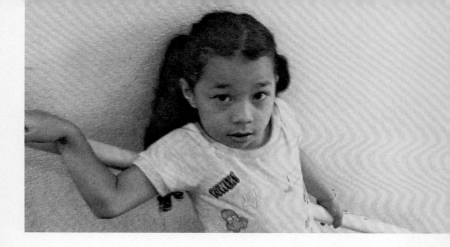

Roland Barthes viaja a Rabat,
no Marrocos,
e escreve um texto
chamado "Incidentes".
Escreve também cartas
para os amigos contando
que a atmosfera
é sombria
porque angustiada
e difícil de analisar.
"Tão pouca esperança
para este país", ele escreve.
Ele quer ir embora.
Ele quer ficar.
É triste abandonar
os momentos deliciosos,
trazidos pelo clima
e pelas pessoas.

PALOMA VIDAL

"Tão pouca esperança
para este país."
O que você teria escrito
sobre o clima e as pessoas
deste país?
Como teria lido
esta atmosfera sombria,
angustiada e difícil
de analisar?
O frio foi embora,
mas de vez em quando
ainda volta.
Como teria ele lido
a instabilidade
deste clima?
Como a necessidade
de estar no presente?
De se conectar
com o mais imediato?
Com os corpos
que se deslocam
neste espaço?

incidentes

Andamos por uma avenida larga, no centro, um *boulevard*. Está tudo muito vazio, a não ser pelos mendigos, que dormem sob marquises. Ele não parece ter medo, mas anda alguns centímetros atrás de mim e, de tempos em tempos, faz um gesto sutil com a mão, para indicar que está me protegendo. Não andamos nem rápido nem devagar. Se me volto para ele, um sorriso doce, que quer dizer: eu estou aqui. Os dois estamos vestidos inteiramente de preto, por coincidência, ou talvez não.

Cara amiga,

Obrigado de todo o coração por sua carta.

Você torna, por sua gentileza e eficácia, ainda mais cruel a necessidade que tenho de decepcioná-la; nem mesmo a viagem breve que você imaginou é possível.

Poupo-lhe os detalhes de meus problemas; digamos, para resumir: estou tomado pelo trabalho.

Você deve me compreender e explicar a todos os que se interessam pela minha ida que não é por negligência, apatia ou indiferença que renuncio mais uma vez a essa viagem: nada me excita mais do que uma viagem ao Brasil, tanto intelectual, como ética e esteticamente etc.; mas preciso primeiro me libertar dessas outras tarefas.

Eis onde estou.

Mais uma vez obrigado, de todo o coração, *por tudo*. Permaneçamos em contato.

Seu amigo fiel

R. Barthes

não escrever

NÃO ESCREVER [COM ROLAND BARTHES]

"Roland Barthes",
repito para a mãe
que nos acompanha
no passeio
ao Palais de Tokyo.
Ela sorri
e me diz que se chama
Laura.
Eu também me apresento
e pergunto
de onde ela é.
Da Romênia.
Da Romênia,
repito.

Conto a ela
que Roland Barthes
morou na Romênia
durante dois anos.
Ela me olha
e me pergunta por que
afinal de contas
eu me interesso tanto
por esse tal de Roland Barthes.

Pra simplificar,
conto do romance
que ele não escreveu.
"Vita Nova",
eu digo.
Ela olha pra mim
e diz:
"Ah! Então é isso:
você veio pra cá
pra escrever
o que ele
não escreveu!".

incidentes

É meu último dia aqui em São Paulo. Eu quero me despedir do rapaz que me abriu tantas portas. Da última vez que nos vimos, eu disse que voltaria, em breve. Ele então me pediu um *souvenir* de Paris. Ele disse a palavra em francês. Eu fiquei me perguntando o que eu traria para ele. Eu queria encontrá-lo para lhe perguntar. Fiquei esperando, fumando do lado de fora do hotel. Ele não chegou e eu levei comigo a pergunta, meu *souvenir*.

"Tenho medo,
logo vivo",
disse Roland Barthes.
Eu pensei, também,
que eu poderia começar
assim
esta parte,
esta última parte.
Porque, talvez,
às vezes,
não se escreva
por medo.
Por medo da separação.
Ou será que a escrita
é o que cola, obtura, rejunta.
O que ela faz?
Eu queria saber o
que você acha.
Será que eu deveria
dizer para o meu menino
confiar nela
quando ele diz:
"Mãe, eu tenho medo
de tudo".
Ou quando ele diz:

Eu queria começar
te contando
dos helicópteros,
naquele mês de agosto,
em São Paulo,
em 2016.
Do meu quarto era como
se eles estivessem prestes
a entrar pela janela.
As paredes tremiam.
Os brinquedos tremiam.
A cama tremia.
Você estava entrincheirada
no apartamento.
Eu me perguntava quanto
tempo aquilo podia durar.
Eu me perguntava no que
será que você
estava pensando.

Um dia eu me atirei aos teus pés,
implorando pra gente sair,
como se fosse um prisioneiro.
Eu achava que o meu coração
ia explodir,
porque os helicópteros
tinham invadido
o meu peito.
Você me agasalhou
e a gente subiu
a Brigadeiro Luís Antônio
em direção à avenida Paulista.
Você segurava minha mão
tão forte que doía.
Eu estava feliz de estar
na rua,
rodeado de tanta gente.
Eu te disse,
olha, mãe:
"Fora temer".

DE MINHA JANELA

"De minha janela (1.º de dezembro de 1976), vejo uma mãe
segurando seu filho pequeno pela mão e empurrando
o carrinho vazio à sua frente. Ela ia imperturbavelmente
em seu passo, o menino era puxado, sacudido, obrigado
a correr o tempo todo, como um animal ou uma vítima
sadiana que se açoita. Ela vai em seu ritmo, sem saber que
o ritmo do garoto é outro. E, no entanto, é sua mãe!"

A cena

Essa é uma cena
de *Como viver junto*, curso dado por Roland Barthes entre 1976
        e 1977.
É o primeiro dos cursos que ele dá no Collège de France,
que forma um trio com *O neutro* e *A preparação do romance*.

Talvez vocês já tenham lido essa cena.
Eu já a li inúmeras vezes, já falei sobre ela em sala de aula,
já a citei pra falar do que Barthes chama de "idiorritmo".

"1. Idiorritmo, quase um pleonasmo, pois o *rhythmós* é, por
definição, individual: interstícios, fugitividade do código,
do modo como o sujeito se insere no código social (ou natural).

2. Remete às formas sutis do gênero de vida: os humores,
as configurações não estáveis, as passagens depressivas
ou exaltadas; em suma, o exato contrário de uma
cadência cortante, implacável de regularidade."

Essa cena aparece no final da primeira aula do curso,
de 12 de janeiro de 1977.

Barthes acabou de explicar a noção de idiorritmia.
Fez uma oposição entre duas formas excessivas do viver
    junto:
uma negativa, a solidão, outra integrativa,
    a macrocomunidade,
e propôs, como é bem de costume seu, uma forma mediana:
    a idiorritmia.

A idiorritmia surge como resposta à sua fantasia,
a fantasia de um modo de vida,
do bem coabitar, no tempo e no espaço,
de uma *medida justa* para o viver junto.

Uma nova dicotomia se impõe
entre o casal e o plural, entre o dois e a multidão,
e o idiorritmo novamente como um lugar intermediário.

Daí, pois, a cena:
uma janela, Barthes vê, de longe, uma mãe, o carrinho vazio,
    um menino, o suplício.
E a conclusão: "E, no entanto, é sua mãe!".

Eu me pergunto o que fazer com essa cena.

Então uma primeira coisa que eu faço é cortá-la:

De minha janela
1.º de dezembro
de 1976
vejo uma mãe
segurando seu filho
pequeno
pela mão
e empurrando
o carrinho
vazio
à sua frente
ela ia
imperturbavelmente
em seu passo
o menino era puxado
sacudido
obrigado a correr
o tempo todo
como um animal
ou uma vítima sadiana
que se açoita
ela vai

em seu ritmo
sem saber
que o ritmo
do menino
é outro
e no entanto
é sua mãe!

Uma segunda é dar para o meu filho ler:

E, finalmente, sobrepor essa voz a uma imagem:

NÃO ESCREVER [COM ROLAND BARTHES]

Faço isso com ela: cortar, colar, montar.
Faço isso porque não sei o que fazer
com essa cena, que me choca.
Me choca que Barthes possa *não ver*
o que eu vejo nessa cena.

Ligar gravação

"Sou uma mãe-pesquisadora, ou uma pesquisadora-mãe. Meu primeiro filho nasceu quando eu estava fazendo o doutorado. Pedi uma prorrogação de seis meses. Meu orientador sugeriu que eu deveria ter pensado melhor antes de ficar grávida. Como se ele não soubesse de desejos entrecruzados ou desencontrados, entre a pesquisa e a vida. Insisti. Ganhei três meses a mais. E lá fomos nós, lá vamos nós. Várias vezes enquanto carregava, e carrego, meu filho, meus filhos, de cima pra baixo, em ônibus, aviões, por livrarias, bibliotecas, lanchonetes, cafés ou qualquer canto em que eu possa tentar ler alguma coisa, ou tentar escrever alguma coisa, sinto pena deles, de mim. Sinto culpa. Sinto arrependimento. Uma mãe-pesquisadora, ou uma pesquisadora-mãe, é uma mulher que carrega filhos para suas pesquisas. Sobre Roland Barthes, por exemplo. E às vezes eles simplesmente não querem ir. E é preciso puxá-los. Quem sabe até sacudi-los. Como muitas vezes eles me sacodem e me puxam, quando querem ir à pracinha ou ao shopping, ou querem qualquer coisa que seja, que eu não quero muito ou não quero nada, porque queria mesmo era estar fazendo a minha pesquisa. E assim segue a por vezes violenta gangorra dos desejos, nesse viver junto que é ter um filho, essa solidão interrompida por um ser amado — um outro."

A distância

Claude Coste diz no prefácio à edição do curso *Como viver junto*:
"Todo o curso está nesta pergunta: a que distância dos outros devo me manter, para construir com eles uma sociabilidade sem alienação, uma solidão sem exílio?".

Há um bom tempo que estou colada a ele.
Há um bom tempo que fico tentando ver o que ele vê,
pra ser uma *pesquisadora*
de Roland Barthes.

Ver o que ele vê, de sua janela,
no contexto de uma busca enunciada assim:
"Como viver junto",
e explicitada, nessa mesma lição, do seguinte modo:
"Algo como uma solidão interrompida de modo regrado".

Ver com os olhos dele é um exercício de aproximação, de viver
    junto.
Um exercício teórico, sem dúvida.
E também um exercício ficcional.
E um exercício afetivo e, quem sabe até,
erótico.

"Meu corpo não é igual ao seu", Barthes escreve
em *Roland Barthes por Roland Barthes*.

O livro todo é um exercício de singularização. Uma "ciência
   do ser único".
"Só há ciência na diferença", ele escreve, jogando com o para-
   doxo,
escapando, pela tangente do "singular",
da tradicional oposição entre universal e particular,
o que encontra sua poética na oscilação
entre a primeira e a terceira pessoa,
entre a conceituação teórica e a narrativa autoficcional.

"Meu corpo não é igual ao seu" quer dizer que há corpos,
   diversos,
que podem se aproximar, e se aproximam.
O livro, como mais tarde o curso *Como viver junto*,

pode ser lido como "uma fala sonhadora", sobre os modos de
aproximação dos corpos,

em relações que talvez ainda estejam à espera de serem
nomeadas,

e que ele chamará, num dos fragmentos de *Roland Barthes por
Roland Barthes*,

de "A relação privilegiada".

A relação privilegiada

Ele não buscava a relação exclusiva (posse, ciúme, cenas);
também não buscava a relação generalizada, comunitária; o que
ele queria era, a cada vez, uma relação privilegiada, marcada
por uma diferença sensível, levada ao estado de uma espécie de
inflexão afetiva absolutamente singular, como a de uma voz de
timbre incomparável; e, coisa paradoxal, ele não via nenhum
obstáculo em multiplicar essa relação privilegiada: tudo era pri-
vilégio, em suma; a esfera amical estava assim povoada de relações duais (daí uma grande perda de tempo: era preciso ver
os amigos um a um: resistência ao grupo, à turma, à festinha).
O que se buscava era um plural sem igualdade, sem in-diferença.

A palavra "privilegiada" não está aqui à toa.

Barthes sabe que está entrando num terreno minado, do
antissocial,

do anticomunitário e, também, do antiutópico.

Toda utopia é social, ele dirá na última lição do curso *Como
viver junto*,

admitindo que não é isso que lhe interessa,

mas uma utopia "doméstica", "delicada", "leve".

Os termos da oposição já estavam claramente expostos em

Roland Barthes por Roland Barthes: "arrogante", "triunfante", "violenta".
Política?

"R.B. parece querer sempre *limitar* a política"

O discurso do militante, como o da doxa, como o da ciência, é violento, insiste Barthes.
É a violência que ele sente, ao voltar da China, poucos anos antes,
na escolha que se lhe exige, sobre estar a favor ou contra:
"Era preciso sair da China como um touro que salta do touril para a arena lotada: furioso ou triunfante".

Barthes esteve na China em 1974, com seus amigos da revista *Tel Quel*,
aos quais dedicará um fragmento do *Roland Barthes por Roland Barthes*.

Tel Quel

Seus amigos de *Tel Quel*: sua originalidade, sua *verdade* (além da energia intelectual, do gênio de escritura) vêm do fato de eles aceitarem falar uma linguagem comum, geral, incorpórea, isto é, a linguagem política, *ao mesmo tempo que cada um deles a fala com seu próprio corpo*. — Pois bem, por que você não faz o mesmo? — É precisamente, sem dúvida, porque eu não tenho

> o mesmo corpo que eles; meu corpo não se adapta à generalidade que existe na linguagem. — Não será esta uma visão individualista? Não se encontra ela num cristão — anti-hegeliano notório — como Kierkegaard?

A viagem

Da janela vejo
uma paisagem que me parece bonita,
mas que me diz pouco,
quase nada.
Filmo continuamente,
sem saber muito bem pra quê.
Até que uma hora viro a câmara
para as vozes dentro do carro,
que me solicitam,
que me impacientam,
que estão ali pra colocar
uma barreira
à minha incompreensão.
A paisagem ganha
uma familiaridade
de joguinhos, risos e lutas.
Eles sabem que houve alguém
em algum momento que se chamou
Roland Barthes

e que esse homem morreu.
Que ele viveu nesse lugar,
pra onde estamos indo,
com sua mãe e com seu irmão.
Tudo isso eles entendem.
Eu contei e eles entendem.
Eles usam a palavra "morte" com certa
leveza, mas às vezes intuem
algo mais por trás dela,
e me perguntam de novo,
como se não tivessem entendido,
se ele, esse tal de Roland Barthes,
já morreu, e eu repito que sim.
"E quando você nasceu,
ele ainda estava vivo?"

A distância

Ver o que ele vê,
de *sua* janela,
no contexto de uma distância,
da necessidade de tomar distância,
pra não ceder à violência dos corpos,
à violência da língua,
dessa "linguagem geral, comum, incorpórea".
Estranhar essa distância e, ao mesmo tempo,
compreendê-la no seu dilema fundamental,
o dilema da alteridade, às vezes radical,
o dilema da política, esse tormento.

"Durante toda a minha vida, politicamente, atormentei-me"

Essa distância é o coração da crítica
que Georges Didi-Huberman
faz a Barthes, ao lhe dedicar um longo capítulo do
volume 6 de *O olho da história*, publicado em 2016.
Uma crítica à relação de Barthes com as imagens,
à distância tomada da política,
do patético da política, aquilo que se deveria compartilhar,
mesmo correndo o risco da generalidade, do lugar-comum,
   do óbvio,
de dizer o que todos dizem,
de sofrer o que todos sofrem,
de ser um corpo entre muitos corpos.

É, será, finalmente, uma crítica, a de Didi-Huberman,
a um eu que diz eu
ao invés de dizer nós,
fazendo sobreviver uma singularidade
que se julga necessária
pra que sobreviva a liberdade do olhar,
o olhar que toma distância,
envolvendo-se apenas na sua própria medida.

Num percurso de leitura
que acompanha Barthes
do início dos anos 1950,
junto às imagens do teatro de Brecht,
ao início dos anos 1980,
com *A câmara clara*,
passando pelas críticas de Barthes
a algumas sequências do *Encouraçado Potemkin*,
a percepção afiada, por parte de Didi-Huberman,

PALOMA VIDAL

de uma resistência ao páthos comum das imagens,
a chorar com os outros, com o choro dos outros,
criando uma série de oposições,
entre "sentido óbvio" e "sentido obtuso"
ou entre "studium" e "punctum".

Sustenta Didi-Huberman:
"Barthes não soube *dialetizar essa divisão* mesma,
ele não cessou de querer isolar a toda força os dois termos
— no entanto sempre coexistentes em cada palavra,
em cada emoção, em cada imagem — dessa divisão.
Ele não quis ver as singularidades em ação na cena das
'chorosas de Odessa', não mais do que aceitou ver
os estereótipos em ação na descrição de seu próprio luto".

"Dialetizar" quer dizer
fazer uma outra coisa
com a divisão entre
meu luto e o luto dos outros,
a singularidade e o estereótipo,
o eu e o nós.
Quer dizer, para Didi-Huberman,
romper as "barreiras do eu".

A cena

Foi lendo o choque de Didi-Huberman
diante do que Barthes não quis ver
nas imagens das mães de Eisenstein
que pude começar a ver

meu próprio choque
diante do que Barthes não vê:
a dialética entre violência e amor.

E que pude, também,
começar a ver algo
entre o que Barthes queria ver
e o que eu quero ver
na cena da janela.

Algo que tem a ver
com *fazer outra coisa*
com essas divisões
que o atormentam,
que nos atormentam.
Me pergunto
se seria possível ver
o que Barthes *faz* ao abrir a janela
e dar a ver essa cena.

Barthes está dando um curso no Collège de France,
seu primeiro curso.
É a primeira aula.
A sala está cheia, há pessoas sentadas no chão,
há pessoas de pé, há pessoas do lado de fora.
Ele apresenta e desenvolve uma série de conceitos
pra caracterizar a questão
do viver junto.

De repente ele abre uma janela
e começa a contar algo que ele viu,
olhando para a rua,
mais ou menos um mês antes.
Ele diz que se trata de algo
"absolutamente fútil"
e começa então a narrar,
cadenciadamente,
separando as frases,
como em versos.

É uma pequena ficção,
com dois personagens,
uma mãe e um filho,
que chega ao fim com uma exclamação,
de surpresa, por parte
do narrador e observador.
Os espectadores riem.

Há nessa janela que se abre
uma prática de escrita que está em jogo.
Uma nova prática de escrita, ele dirá

NÃO ESCREVER [COM ROLAND BARTHES]

no curso da *Preparação do romance*.
Uma escrita ensaística, ficcional.
Uma escrita ensaística *e* ficcional.
"Uma nova arte intelectual", ele dizia em
Roland Barthes por Roland Barthes,
num fragmento chamado "A ficção":

> A Ficção pertenceria a uma *nova arte intelectual* (assim são definidas a semiologia e o estruturalismo em *Sistema da moda*). Com as coisas intelectuais, fazemos ao mesmo tempo teoria, combate crítico e prazer; submetemos os objetos de saber e de dissertação — como em qualquer arte — não mais a uma instância de verdade, mas a um pensamento dos *efeitos*.

Leio isso e penso nos *efeitos*
da cena da janela em mim,
pesquisadora-mãe,
ou mãe-pesquisadora,
de poder olhar por uma janela,
uma outra janela, a minha,
ou a de qualquer um — a deles:

NUNCA MANTIVE
UM DIÁRIO

Queria começar contando que o que eu vou apresentar aqui para vocês faz parte de uma pesquisa chamada "Não escrever", que se inicia pela atração por uma obra não escrita, o romance que Roland Barthes preparou e não escreveu. O que me atraía nisso? Talvez não tanto o que ele não escreveu, e sim que Barthes tivesse decidido explicitar de um modo inusitado seu desejo de escrever um romance, tornando-o objeto de um curso no Collège de France, que seria — isso, claro, ele não sabia — seu último curso. Quer dizer, me atraía a ideia de que, sabendo muito bem dos riscos que isso significa, quando se está diante de um projeto de escrita, que pode ir adiante ou não, que ele tenha querido compartilhar seu desejo de maneira tão explícita, colocando-o à prova. "A preparação do romance": Barthes certamente tinha consciência do risco de anunciar uma preparação que pertencia provavelmente *mais ao romance* do que a ele.

Claro, o que ele não sabia, sua morte depois de um atropelamento, dá um outro sentido a tudo isso, pois a morte que deixa uma obra inacabada é sempre um elemento que atrai, transformando-a em enigma. No entanto, o que me parece realmente fascinante neste caso é que o inacabamento estava no horizonte do curso; em certo sentido, era o que o fazia existir: a ideia de uma escrita em aberto, que é busca, que é *prática*, que é começo, recomeço, que, se chega a um fim, é apenas para arremeter de novo. Porque o que interessa é mais o método do que o resultado; método = caminho, do grego *methodos*, ele dirá numa das primeiras aulas da *Preparação*, ligando-o ao Tao, que é caminho e chegada. "Então só de preparar o romance, eu não me sinto excluído do romance e talvez eu já esteja no Romance", ele comenta na aula, extrapolando suas notas (e aqui é preciso fazer um breve parêntese para observar que há duas edições da *Preparação*: a primeira, que foi publicada em português em dois volumes, com tradução de Leyla Perrone-Moisés, realizada a partir das notas de Barthes; a segunda, lançada em francês em 2015, a partir dos áudios gravados das aulas). Acho que, no sentido desse comentário, não há enigma; o romance não escrito estava sendo escrito, no curso, e em vários outros lugares. Nos diários, por exemplo. E até talvez possamos dizer que o romance não escrito, inclusive, foi escrito, em outros livros, como *A câmara clara*, o último que ele publicou.

Esse modo de entender a escrita já estava anunciado na aula inaugural do Collège de France, quando ele diz: "Um escritor — entendo por isso não o possuidor de uma função ou o servo de uma arte, mas o sujeito de uma prática — deve ter a teimosia do espia que se encontra na encruzilhada de todos os outros discursos, em posição *trivial* em relação à pureza das doutrinas (*trivialis* é o atributo etimológico da prostituta que espera na interseção de três caminhos). Teimar quer dizer, em suma, manter ao revés e contra tudo a força de uma deriva e de uma espera". "Não escrever", então, nesta pesquisa, tal como ela foi se dando desde que começou há quase três anos, é isto: "manter ao revés e contra tudo a força de uma deriva e de uma espera". "Não escrever", então, se opõe a certa tradição ligada à negatividade, ao fracasso, ao silêncio, explorada, por exemplo, no *Bartleby e companhia*, de Enrique Vila-Matas — exemplo que costuma estar na ponta da língua quando comento com alguém sobre o que é a pesquisa; ligada, eu diria também, a um páthos ao mesmo tempo heroico e nostálgico da literatura, porque a "literatura do não", como a chama Vila-Matas, é aquela que, finalmente, não se realiza por julgar que não está ou não se está à altura da Literatura, com L maiúsculo, ideal fantasmático que faz dos escritores heróis decaídos.

Não se pode descartar que algo disso esteja envolvido no último curso de Barthes, pois em vários momentos ele insiste que seu romance deve ser escrito com R maiúsculo, que seu projeto é o Grande Projeto, dando lugar a certas interpretações conservadoras, como a feita por Antoine Compagnon em seu *Os antimodernos*: Barthes teria decidido escrever o romance para salvar a literatura de sua extinção. Assim ele cita este Barthes emulador de Hamlet do início da *Preparação*: "Alguma coisa está rondando em nossa História: a Morte da Literatura; está errando à nossa volta; é preciso olhar esse fantasma nos olhos". Vale a pena recuperar a citação, porque ela está incompleta e o que é citado como um ponto-final no texto de Compagnon é uma vírgula no de Barthes, ao que se segue o trecho "a partir da *prática*", com a palavra "prática" grifada. Transcrevo o trecho inteiro, tal como ele aparece na versão publicada em português, a partir das notas, a mesma a que recorre Compagnon: "Algo ronda em nossa História: a Morte da literatura: ela erra em torno de nós; é preciso olhar esse fantasma cara a cara, a partir da prática — trata-se, pois, de um trabalho *tenso*: ao mesmo tempo *inquieto* e *ativo* (o Pior não está garantido)". Já no áudio do curso, Barthes diz: "A gente poderá considerar que o curso será uma palavra nostálgica que girará em torno desse espectro: a morte da literatura, que está mais ou menos em torno de nós. Mas, neste momento, é preciso olhar o espectro de frente, a partir da *prática*". A "palavra nostálgica" está ali, e percorre o curso, sem dúvida, mas ela não encerra seu sentido, justamente porque há em jogo uma *prática*. Essa prática está ligada não a um *fantôme*, que seria a palavra em francês para o fantasma, o espectro, mas a um *fantasme*, termo que Barthes vai buscar na psicanálise, para falar de sua fantasia em relação à escrita, para falar de um desejo de escrita que ele não quer mais recalcar. Barthes aproxima a fantasia da escrita à fantasia sexual. É isso que ele quer fazer diante dessa plateia, semanalmente: fantasiar um romance. Um romance que nega e afirma o romance, ao mesmo tempo. Um romance que "diz aqueles que se ama". Um romance que é o texto da "vida concomitante".

Esses são alguns dos elementos que ele vai apresentando para definir o livro fantasiado. E aqui vamos nos aproximando dos diários. Na terceira aula do curso, de 16 de dezembro de 1978, em que aparecerá o trecho recortado por Compagnon, Barthes diz que quer fazer romance com o presente e que isso pode ser feito: "Pode-se escrever o Presente *anotando-o* — à medida que ele 'cai' em cima e embaixo de nós (sob nosso olhar, nossa escuta)". Ele volta sua atenção então para a anotação, que lhe interessa por seu caráter ativo, pela sua capacidade de cortar, de fazer recortes no fluxo de linguagem, que é a própria vida. Uma questão que se impõe para ele é como organizar e sustentar a anotação; a outra é como transformar esses fragmentos recortados num romance, fazendo, quem sabe, um "romance por fragmentos". Logo em seguida ele diz que, diante disso, poderia ter se interessado por cadernos ou diários, mas não, não é isso o que lhe interessa; não vai falar de cadernos ou diários, e sim do haicai, e é a essa forma que se dedica, como sabemos, na primeira parte do curso.

Penso que essa recusa pode ser lida em série, com outras recusas, desse momento, do diário. Uma delas, num ensaio que ele estava preparando quando sofreu o acidente e que foi publicado na revista *Tel Quel*, no ano de sua morte: "Malogramos sempre ao falar do que amamos". Identifica-se nele o que estava lhe interessando em relação ao seu próprio romance. A formulação é próxima da que aparece na *Preparação*. Os diários de Stendhal ocupam a maior parte do ensaio, porque é neles que se apresenta o problema de como falar do amor pela Itália, no curso dos encontros com as cidades, a paisagem, a comida, a música, a língua, em sua pluralidade, através das sensações, com uma escrita rápida. O amor não se transmite nesses diários, diz Barthes. Não se chega à escrita, o que só acontecerá no romance, *A cartuxa de Parma*, anos depois. Ali, sim, alguma coisa acontece. O quê? Não é tão fácil dizer, parece, e se ele dedicou várias páginas ao diário, o ensaio se encerra rapidamente quando afinal, supostamente, chegamos ao que interessa. Barthes recorre então, em poucas frases, à ideia de herói e de conflito, de generalidade e de símbolo, mas talvez o mais interessante seja o que aparece bem no final: a escrita do amor acontece quando se abandona o imaginário amoroso.

O imaginário e a imagem são questões centrais no ensaio em que Barthes se debruça diretamente sobre o diário. É dele, de "Deliberação", publicado também na revista *Tel Quel*, no ano anterior, a frase que dá título a este texto: "Nunca mantive um diário". É a primeira frase do ensaio, posta em xeque imediatamente depois, quando ele diz: "Ou melhor, nunca soube se deveria manter um". Usei essa frase precisamente porque seu caráter denegador revela bastante sobre a relação de Barthes com os diários nesse momento. Incomoda a ele a simulação do diário, a pose do seu eu, pretensamente muito sincero, que, no entanto, se olha no espelho enquanto escreve, fixado na sua imagem. O diário é o espaço próprio do imaginário, de um eu narcísico, que transborda, incontido, sofredor, queixoso, complacente, desejoso de aceitação pelo outro. "Aí está justamente o que me impede de o escrever (porque, do egotismo, já estou um tanto farto)", diz Barthes. A escrita é outra coisa, diz adiante: "Por certo, a escrita é essa atividade estranha [...] que estanca milagrosamente a hemorragia do Imaginário, de que a fala é o rio possante e derrisório".

Ainda assim, a escrita do diário interessa muito a Barthes nesse momento, como o próprio ensaio atesta, evidentemente, pela necessidade de "deliberar" sobre isso, e sobretudo pelos diários mesmos que ele traz a público no texto, entrecortando-o com seus argumentos: diário dele em Urt — cidade do sudoeste da França onde tinha uma segunda casa —, de meados de 1977, época em que sua mãe já está doente, e o diário de Paris, de uma noite de Paris, 25 de abril de 1979; o primeiro será continuado em *Diário de luto*, que vai de 25 de outubro de 1977 a 15 de setembro de 1979; e o segundo em "Noites de Paris", que começa em 24 de agosto de 1979 e vai até 17 de setembro do mesmo ano. Interessa por quê? Interessa talvez pelos seus "caracteres negativos", que ele faz questão de chamar, entre travessões, de "*déceptifs*", enganadores. E quais seriam? O diário não responde a nenhuma missão, quer dizer, não tem um fim premeditado. Não é livro, é álbum, ele vai se fazendo, de uma forma bastante aleatória, pelo acúmulo de fragmentos, que não garante sua relevância. Daí que Barthes se pergunte: "Mas não poderá o Diário, precisamente, ser considerado e praticado como essa forma que exprime essencialmente o inessencial do mundo, o mundo como inessencial?".

A meu ver essa pergunta é muito importante para entender a atração de Barthes pelos diários. E também, me parece, para entender uma relação entre subjetividade, ética e escrita que emerge do que ele está pensando e fazendo nesse momento. Nesse sentido, antes de prosseguir, gostaria de explicitar que minha abordagem dos diários de Barthes não pretende advogar a favor da relevância de escrever ou de estudar diários e, menos ainda, pela sua especificidade e seu valor enquanto gênero literário. Com isso, quero dizer que para mim os diários são *uma das formas* que pode adotar, e que, no caso de Barthes, nesse momento, efetivamente adota, uma escrita fragmentária, próxima da anotação e do arquivo, uma escrita heterogênea e heterodoxa, em movimento, imperfeita e inacabada, que exprime algo de inessencial, algo cotidiano e passageiro.

Em relação a isso, me pareceu sugestivo o uso queer que Nicholas de Villiers faz, em seu livro *Opacity and the Closet*, da famosa fórmula de Bartleby, no conto de Melville: "*I would prefer not to*", "Preferiria não". Recuperando as leituras que fazem dela Gilles Deleuze e Giorgio Agamben, relacionando a suspensão que a frase provoca à sua potência desestabilizadora, De Villiers lê ali uma "estratégia de opacidade", que resiste tanto ao "closet" quanto ao discurso confessional para sair dele. Ele abre o capítulo dedicado a Barthes com uma citação de um prefácio, de 1979, que Barthes faz do romance *Tricks*, de Renaud Camus. Interessa a Barthes nesse romance "um certo modo de dizer Eu". A questão tinha sido central na construção do *Roland Barthes por Roland Barthes*, que De Villiers recupera, e será igualmente no momento de pensar a escrita do seu romance, na *Preparação*: como ele dirá, trata-se de "encontrar o bom Eu", um eu que não seja "egotista", que seja uma forma de "generosidade de enunciação". Isso se relaciona com o que incomoda a Barthes nos diários, como explica em "Deliberação". No texto sobre *Tricks*, citado por De Villiers, dirá: "Isso que eu sou deveria ser abertamente expresso como provisório, revogável, insignificante, inessencial, em uma palavra, irrelevante". De Villiers persegue os sentidos dessa "insignificância" nas diversas formas de resistência, em textos diversos, a carregar a imagem de si de significados, tornando-a, pelo contrário, opaca, fosca, neutra, do *Roland Barthes por Roland Barthes*, indo para trás, ao *Império dos signos*, para relacioná-lo, mais adiante, com o curso sobre *O neutro*.

A ética que se anuncia nos cursos do *Como viver junto* e, mais claramente ainda, do *Neutro*, que precedem o curso da *Preparação*, encontra, neste último, como dirá Barthes, sua "técnica". A ideia aparece na aula já mencionada, de 16 de dezembro, logo depois do trecho recortado por Compagnon: esse trabalho, a prática à qual ele se referia, é "a articulação indecidível do Técnico e do Ético", diz Barthes. E mais adiante: "O que eu chamo de 'Técnico', em escrita, é no fundo a experiência moral e humilde da Escrita, que não está distanciada, em suma, do Neutro". A aliança da técnica com a ética, dirá ele, ainda, tem seu "campo privilegiado", no "ínfimo cotidiano", "o que eu chamo de 'doméstico'". E, lembrando a metáfora usada por Proust em *O tempo redescoberto*, do romance como um vestido, ele termina essa aula dizendo: "No fundo, o sonho de trabalho doméstico do Romance (essa será minha última fantasia) seria o de ser uma Costureira em domicílio".

Gostaria de voltar ao ensaio da "Deliberação" com a imagem da costura. Trata-se de um texto sobre os diários, sobre o diário íntimo, sobre o diário íntimo de escritores, Kafka, Gide, Tolstói — a tradição é longa e Barthes passeia por ela, categoriza, estabelece tipologias, como é de seu costume. Há quatro motivos, literários, para se manter um diário: o poético, ao se oferecer "um idioleto peculiar ao autor"; o histórico, para retratar "as marcas de uma época"; o utópico, para "constituir o autor em objeto de desejo"; o amoroso, como "oficina de frases". Barthes diz que não vai analisar o diário em geral, mas apresentar uma deliberação pessoal sobre manter ou não um diário; ainda assim o texto, pela sua capacidade analítica, entra para o cânone crítico dos textos sobre o gênero. Eu mesma li esse texto várias vezes em sala, para discutir as características do diário, numa série que em geral inclui também os de Maurice Blanchot e de Philippe Lejeune.

Essa leitura, a minha, desconsiderava em grande medida a costura do texto. Essa costura é, ao mesmo tempo, bastante complexa e bastante simples. A gente pode pensar que ela é quase óbvia, de tão simples: entrecortar um texto sobre diários com os próprios diários. Esse enunciado, no entanto, é ambíguo, já que um texto sobre diários entrecortados por diários poderia ser um texto crítico sobre diários com exemplos de diários. Num certo sentido, o texto é isso. Só que, ao mesmo tempo, é outra coisa: é uma deliberação *de Barthes* sobre escrever um diário entrecortada pelos diários *de Barthes*. Em dado momento desta pesquisa, por sugestão de Claudia Amigo Pino, procurei ver os manuscritos desse texto e, diante deles, essa estrutura ficou mais clara, porque os manuscritos dos diários são folhas de caderno, que depois Barthes vai datilografar e inserir no texto. Ainda hoje, quase quarenta anos depois, sabemos que fazer algo assim não é nada simples: a escrita crítica, em especial nos espaços institucionais, em grande medida deve ainda, ao contrário do que propunha Barthes no início da *Preparação*, recalcar o sujeito, recalcar o lugar de enunciação, não explicitar quem fala e de que lugar. Barthes está fazendo uma intervenção nesse espaço — neste espaço — como era uma intervenção fazer uma oficina do seu romance com os alunos que assistiam a seu curso no Collège de France. Barthes, o performer. "Deliberação" é um texto performático, um texto que rompe as fronteiras entre reflexão e ação, um texto que coloca o corpo do escritor e crítico em cena, transformando-o em personagem. É uma ficção.

Barthes está buscando esse delicado lugar, quem sabe impossível, em que a ficção possa ser um modo de vida. A sensação diante da escrita, e mais ainda diante da escrita de diário, é frequentemente a de que há uma verdade que escapa ao texto; de que eu valho mais do que o que escrevo. Mas finalmente essa é uma dúvida imaginária, porque a literatura, qualquer literatura, como ele dirá no final de "Deliberação", é "sem provas": não só porque ela não pode provar o que diz, mas porque não pode sequer provar se vale a pena dizê-lo. Ainda assim, sem provas, ela se experimenta. Ela se vive. E, nesse sentido, os diários podem ser muito atraentes, pelo seu caráter fragmentário, porque são uma escrita de si, porque acompanham o dia e, sobretudo, porque exprimem, como dizia Barthes, algo inessencial que não é senão a vida mesma.

Barthes está disposto a experimentar com essas ficções de si. Em "Noites de Paris", ele é o escritor e professor que, tendo terminado sua jornada de trabalho, vai à procura de um outro tipo de prazer, nas ruas. Em francês o título é "Soirées de Paris". "*Soirée*" é noite ou noitinha, mas também uma saída, um rolê, uma festa. Temos assim um recorte no fluxo dos dias, meio parecidos, pautados por uma rotina e uma disciplina, a partir de um horário, a noite, de um acontecimento, a saída, de uma disposição, a espera. A espera, a esperança, de que algo aconteça, algo que pode ser um quase nada, uma troca de olhares, um roçar, algumas palavras trocadas. Enquanto isso o que acontece são "histórias chatas", expressão que aparece no próprio diário como um aceno ao leitor do que está em jogo ali: encontros com alunos e colegas, que são também amigos, com os quais se conversa sobre assuntos variados, sem muita empolgação, mas com bastante afeto, nomes e iniciais que conhecemos de outros textos e livros, Éric M., Philippe S., Philippe Roger. A noite se divide em geral em três: esses encontros, quase sempre no Café de Flore, que às vezes se estendem para um jantar na casa de alguém ou em algum restaurante; o que vem depois, quando ele perambula sozinho pela cidade, em busca de algum encontro; e a chegada em casa, sozinho, para ouvir rádio ou ler — Chateaubriand, sobretudo, *Memórias de além-túmulo*.

Chateaubriand será um dos autores mais presentes na segunda parte do curso da *Preparação*. É de *Memórias de além-túmulo* um fragmento que Barthes escolhe como epígrafe do curso, justificando assim sua escolha (e vou citar longamente, recortando e traduzindo alguns trechos do que ficou gravado nos áudios): "Se eu o citei é porque é um texto que produz em mim um deslumbramento de linguagem, um transporte de prazer; eu diria que é um texto que *me acaricia*, e essa carícia produz seu efeito a cada vez que o releio [...] e então, se quiserem, o júbilo da leitura, dessas leituras intensas, é um verdadeiro contentamento de um *desejo amoroso*, pois sei muito bem que o objeto do meu desejo, a saber, esse texto de Chateaubriand, veio, como alguém por quem eu teria me apaixonado, entre mil outros possíveis, entre mil outros textos possíveis e entre mil outros rostos possíveis, se adaptar ao meu desejo individual [...]. É provável que eu seja o único a desejar esse texto com essa intensidade: assim, o desejo amoroso se dispersa entre vários sujeitos, quer dizer que estar apaixonado é escolher um ser entre mil outros possíveis, mas precisamente esse que vem se adaptar ao meu desejo individual, de tal modo que no fundo não posso conhecê-lo antes de encontrar esse ser [...]. Da mesma forma, isso permite que a literatura funcione se diversificando, já que alguns podem estar apaixonados por certos textos e outros por outros. Dito de outro modo, há Disseminação do Desejo [...]. Meu Desejo de Escrever vem não da leitura em si [...] mas das leituras particulares, de leituras tópicas que é a Tópica do meu Desejo, a tópica quer dizer a 'ciência' dos lugares aonde vai o meu desejo. O texto que é um júbilo de ler é então como um encontro amoroso. E o que define um Encontro amoroso? Pois bem, digamos que é a *Esperança*. Do encontro com alguns textos lidos nasce a *Esperança de escrever*".

Quis trazer essa longa citação pois acredito que ela faz ler "Noites de Paris" em relação à circulação de desejo entre os encontros, as saídas, as leituras e a escrita. Acho que é possível ler esses diários como uma escrita do desejo, uma escrita desejante, que faz *circular* o desejo, o desejo de escrita. Como Barthes diz nesse fragmento, o desejo é de cada um, singular, cada um tem o seu, mas me parece que, se ele soube transmitir algo, foi esse desejo de escrita, com o qual cada um se vira como dá. Assim testemunham os inúmeros "Barthes e eu", daqueles que, de um modo ou de outro, se encontraram com essa escrita e com esse desejo. Barthes começa sua palestra sobre Proust "Durante muito tempo, fui dormir cedo" dizendo que ela poderia se chamar "Proust e eu" e esclarece logo em seguida que isso não significa que ele se compara ao escritor, mas que ele se identifica com ele; e acrescenta: "confusão de prática, não de valor". Essa prática, que Barthes encontra em Proust, é transmitida a seus alunos, daí que Chantal Thomas, Colette Fellous, Éric Marty ou Antoine Compagnon tenham chegado a escrever em algum momento livros na primeira pessoa, relatos de amizade, quase-diários, que poderiam muito bem se chamar "Barthes e eu".

Queria, então, ler para vocês uma citação do livro *Para Roland Barthes*, de Chantal Thomas, que diz o seguinte: "Este livro é um exercício de admiração e de reconhecimento: eu tive a sorte de encontrar um escritor totalmente habitado pelo desejo de escrever, e que tinha a particularidade de escrever para fazer sentir esse desejo, sem permitir que se abolisse ou repousasse em uma realização acabada". Ela conta que seu encontro com Barthes se deu na época do *Prazer do texto*, no início dos anos 1970, quando ele decidiu se arriscar no "registro incerto, apaixonado, cheio de obstáculos e de imprevistos, do prazer ou do gozo da escrita". E ela termina dizendo: "Eu passei assim, graças ao seu ensino, de um estado flutuante frustrado a um estado flutuante feliz".

De minha parte, gostaria de terminar dizendo que outra forma de contar o que contei aqui é dizer que, quando esta pesquisa começou, eu queria escrever um romance que eu não conseguia escrever. Eu fui à França para fazer esta pesquisa, e voltei, e o romance ficou esquecido, mas eu trouxe Barthes comigo, para São Paulo, e comecei a escrever a partir daí. Gostaria de terminar, então, agora sim, apresentando para vocês o início de uma performance chamada "Não escrever", que começa assim:

PALOMA VIDAL

Levantar

Eu pensei que assim
poderia começar
este "Não escrever",
a última parte de um trabalho
iniciado em 2015,
antes de uma viagem,
e depois de alguns anos
tentando escrever
um romance, não escrito.
Eu pensei que eu poderia começar
com a viagem não realizada
por você, ao Brasil,
agora que eu mesma,
depois de realizada minha viagem
ao seu país,
para tentar entender por que você
não escreveu seu romance,
estou de volta aqui,
ao Brasil.
Eu queria saber
o que você acha.

Imagem

Porque eu poderia muito bem
começar
de outra maneira.
Por exemplo,
com a voz de um menino,

de onze anos,
que foi e voltou da França
pelo desejo de outra pessoa,
o meu,
de viajar para escrever,
e aprendeu outra língua,
e aprendeu a viver
num lugar outro,
e agora está de volta,
aqui, no Brasil.
Esse menino poderia dizer
assim:
Eu queria começar
te contando
como foi pra mim
voltar pra São Paulo
naquele inverno de 2016.
A gente vinha do verão
e aqui fazia muito frio.
Você começava todas as conversas dizendo
que era o inverno mais frio
de todos os tempos.
Eu ficava me perguntando
o que "todos os tempos"
queria dizer.

Imagem

Você estava muito preocupada,
obcecada mesmo com isso,
e me fazia andar com um casacão

e umas pantufas enormes
dentro do apartamento.
Eu me mexia devagar,
pra não cair,
pra não derreter.
Eu tinha medo,
mas não era do frio.
Eu perguntei pra você se o cérebro
seria capaz de fazer o coração
parar.
Você disse que achava que não,
meio distraída.
No que será que você
estava pensando?

Ligar gravação de "On ira", de Zaz

Dançar, convidando a plateia

BIBLIOGRAFIA

Barthes, Roland. "'Longtemps, je me suis couché de bonne heure'", "Preface a *Tricks* de Renaud Camus", "On échoue toujours à parler de ce qu'on aime", "Délibération". *Le Bruissement de la langue*. Paris: Seuil, 1993. [Ed. bras.: "Durante muito tempo, fui dormir cedo", "Prefácio a *Tricks* de Renaud Camus", "Malogramos sempre ao falar do que amamos", "Deliberação". In: *O rumor da língua*. Trad. de Mario Laranjeira. São Paulo: Brasiliense, 1988.]

_____. "L'Empire des signes". *Œuvres complètes*, vol. 3, pp. 347-444. Nova edição revista, corrigida e apresentada por Éric Marty. Paris: Seuil, 2002. [Ed. bras.: *O império dos signos*. Trad. de Leyla Perrone-Moisés. São Paulo: Martins Fontes, 2016.]

_____. "Sade, Fourier, Loyola". *Œuvres complètes*, vol. 3, pp. 699-768. Paris: Seuil, 2002. [Ed. bras.: *Sade, Fourier, Loyola*. Trad. de Mario Laranjeira. São Paulo: Martins Fontes, 2005.]

_____. "Le Plaisir du texte". *Œuvres complètes*, vol. 4, pp. 217-63. Paris: Seuil, 2002. [Ed. bras.: *O prazer do texto*. Trad. de J. Guinsburg. São Paulo: Perspectiva, 2015.]

_____. "Roland Barthes par Roland Barthes". *Œuvres complètes*, vol. 4, pp. 575-772. Paris: Seuil, 2002. [Ed. bras.: *Roland Barthes por Roland Barthes*. Trad. de Leyla Perrone-Moisés. São Paulo: Estação Liberdade, 2003.]

_____. "Fragments d'un discours amoureux". *Œuvres complètes*, vol. 5, pp. 25-296. Paris: Seuil, 2002. [Ed. bras.: *Fragmentos de um discurso amoroso*. Trad. de Hortênsia dos Santos. São Paulo: Unesp, 2018.]

_____. "Leçon". *Œuvres complètes*, vol. 5, pp. 427-46. Paris: Seuil, 2002. [Ed. bras.: *Aula*. Trad. e posfácio de Leyla Perrone-Moisés. São Paulo: Cultrix, 2013.]

_____. "Soirées de Paris". *Œuvres complètes*, vol. 5, pp. 955-74. Paris: Seuil, 2002. [Ed. bras.: "Noites de Paris", em *Incidentes*. Trad. de Mario Laranjeira. São Paulo: Martins Fontes, 2004.]

_____. *Comment vivre ensemble: Simulations romanesques de quelques espaces quotidiens: Cours et séminaires au Collège de France (1976-1977)*. Texto estabelecido, anotado e apresentado por Claude Coste. Paris: Seuil/IMEC, 2002. [Ed. bras.: *Como viver junto: Simulações romanescas de alguns espaços cotidianos*. Trad. de Leyla Perrone-Moisés. São Paulo: Martins Fontes, 2003.]

_____. *Le Neutre: Cours et séminaires au Collège de France (1977-1978)*. Texto estabelecido, anotado e apresentado por Thomas Clerc. Paris: Seuil/IMEC, 2002. [Ed. bras.: *O neutro*. Trad. de Ivone Castilho Benedetti. São Paulo: Martins Fontes, 2003.]

_____. *La Préparation du roman: Cours au Collège de France (1978-79 et 1979--80)*. Texto anotado por Nathalie Léger e Éric Marty. Paris: Seuil, 2015. [Ed. bras.: *A preparação do romance*, vol. I e II. Trad. de Leyla Perrone--Moisés. São Paulo: Martins Fontes, 2005.]

Compagnon, Antoine. *Les Antimodernes: De Joseph de Maistre a Roland Barthes*. Paris: Gallimard, 2005. [Ed. bras.: *Os antimodernos: De Joseph de Maistre a Roland Barthes*. Trad. de Laura Taddei Brandini. Belo Horizonte: UFMG, 2011.]

_____. *L'Âge des lettres*. Paris: Gallimard, 2015. [Ed. bras.: *A era das cartas*. Trad. de Laura Taddei Brandini. Belo Horizonte: Editora UFMG, 2019.]

Davis, Lydia. *The End of the Story: A Novel*. Nova York: Picador, 2004. [Ed. bras.: *O fim da história*. Trad. de Julián Fuks. Rio de Janeiro: José Olympio, 2016.]

De Villiers, Nicholas. *Opacity and the Closet: Queer Tactics in Foucault, Barthes, and Warhol*. Minneapolis: University of Minnesota Press, 2012.

Didi-Huberman, Georges. *Peuples en larmes, peuples en armes*. Paris: Éditions de Minuit, 2016.

Marty, Éric. *Roland Barthes: Le Métier d'écrire*. Paris: Seuil, 2006. [Ed. bras.: *Roland Barthes: O ofício de escrever*. Trad. de Daniela Cerdeira. Rio de Janeiro: Difel, 2009.]

Nachtergael, Magali. *Les Mythologies individuelles: Récit de soi et photographie au 20e siècle*. Amsterdam / Nova York: Rodopi / Brill, 2012.

Perrone-Moisés, Leyla. *Com Roland Barthes*. São Paulo: Martins Fontes, 2012.

Pino, Claudia Amigo. *Roland Barthes: A aventura do romance*. Rio de Janeiro: 7Letras, 2015.

Samoyault, Tiphaine. *Roland Barthes*. Paris: Seuil, 2015. [Ed. bras.: *Roland Barthes*. Trad. de Sandra Nitrini e rev. técnica de Regina Salgado Campos. São Paulo: Editora 34, 2021.]

_____. "La Peur". *Revue Roland Barthes, Les Avenirs de Barthes*, n. 4, jul. 2018. Disponível em: https://revue.roland-barthes.org/ 2018/tiphaine-samoyault/la-peur-2/. Acesso em: 23 jun. 2023.

ORIGEM DOS ENSAIOS

"Resistir a Barthes" foi apresentado, em espanhol, na New York University, a convite de Gabriel Giorgi, na Creative Writing in Spanish Series, em maio de 2019.

"Cadernos com R.B." foi publicado com o título "Não escrever. Cadernos com R.B.", no livro *Experimento aberto: Invenções no ensaio e na crítica*, organizado por Felipe Charbel, Ieda Magri e Rafael Gutiérrez (Belo Horizonte: Relicário, 2021).

"Não escrever" é a terceira e última parte da série de palestras-performances com o mesmo título e foi apresentada nas seguintes ocasiões: no XV Congresso da Abralic (Associação Brasileira de Literatura Comparada), no Rio de Janeiro, em setembro de 2016; em duas ocasiões no ciclo de palestras-performances "Em obras" (https://cicloemobras.wordpress.com/): no Centro de Pesquisa e Formação do Sesc e no Sesc Vila Mariana, em São Paulo, em março e outubro de 2017; e na Universidade Federal de São Paulo, também em 2017. O texto foi publicado em uma edição artesanal pela editora Malha Fina Cartonera, da Universidade de São Paulo, dirigida por Idalia Morejón Arnaiz, em 2018.

"De minha janela" foi apresentado em quatro ocasiões: no XXI Encontro da Socine (Sociedade Brasileira de Estudos de Cinema e Audiovisual), em João Pessoa, em outubro de 2017; em duas apresentações do ciclo de palestras-performances "Em obras": na PUCRS, em Porto Alegre, em maio de 2018, e no espaço Cabriola, no Rio de Janeiro, em julho de 2018; e no curso "Para que o romance não morra: O corpo dos escritores", coordenado por Lucia Castello Branco, no Programa de Pós-graduação em Estudos Literários da UFMG, em Belo Horizonte, em outubro de 2018. O texto foi publicado na revista *Letras*, da Universidade Federal de Santa Maria, n. 57, "Literatura(s) contemporânea(s): A dinâmica do afeto", com organização de Luciene Azevedo e Renata de Felippe, 2018.

"Nunca mantive um diário" foi apresentado em maio de 2018, na Escola de Comunicação da UFRJ, a convite de Denilson Lopes, no curso "Em busca de uma historiografia queer", oferecido nos Programas de Pós-graduação em Comunicação e Cultura e em Artes da Cena.

CRÉDITOS DAS IMAGENS

13, 90
Paloma Vidal com máscara
de Roland Barthes, em 2018,
na UFMG

32, 33
Frames de registro da performance
de Paloma Vidal, em 2019, na New York
University

51, 66
Roland Barthes em 1970,
por André Persltein
Roger-Viollet

54, 59, 60, 61, 68, 69, 70, 78, 90
São Paulo por Paloma Vidal

88
"De minha janela",
áudio por Antonio Pedro Vidal
Processo de edição, por Paloma Vidal

95
"Caminho a Urt", vídeo de Paloma Vidal

91, 92, 93, 94, 95, 101
Páginas de *Roland Barthes por Roland
Barthes* (tradução de Leyla Perrone-
-Moisés. São Paulo: Estação Liberdade,
2003), em registro de André Aguiar

101
"Viagem ao país da infância",
vídeo de Paloma Vidal

PALOMA VIDAL

AGRADECIMENTOS

Antes de virar livro, estes textos foram palavras em papéis soltos, que passaram por várias mãos, com sugestões que fizeram toda a diferença. Para começar, pelas das amigas que me acompanharam, dando confiança e inspiração, nas apresentações que fiz deles no ciclo de palestras-performances "Em obras": Cynthia Edul, Diana Klinger, Elisa Pessoa, Ilana Feldman, Marília Garcia, Nana Carneiro da Cunha, Naruna Kaplan de Macedo e Veronica Stigger. Outras apresentações foram possíveis graças ao interesse e à generosidade de Denilson Lopes, Gabriel Giorgi e Lucia Castello Branco. Em publicações anteriores, contei com a leitura atenciosa de Felipe Charbel, Ieda Magri, Luciene Azevedo, Rafael Gutiérrez e Renata de Felippe. Idalia Morejón Arnaiz foi uma parceira que pela primeira vez me fez ver que podia ter sentido publicar o que havia sido escrito para ser falado. Já na forma de livro, estas páginas foram comentadas precisa e afetuosamente por Jorge Viveiros de Castro, Katerina Blasques Kaspar e Mario Cámara; e revisadas com primor por Mariana Delfini, Débora Donadel, Karina Okamoto e Henrique Torres. As amigas barthesianas Claudia Amigo Pino e Gisela Anauate Bergonzoni fazem com que estes textos sejam parte de uma comunidade que dá sentido a uma pesquisa como esta. No grupo de pesquisa Pensamento Teórico-Crítico sobre o Contemporâneo, coordenado por Celia Pedrosa e Diana Klinger, do qual fazem parte igualmente Aline Rocha, Gabriel Miranda, Natalie Lima, Rafael Gutierrez e Vinícius Ximenes, eles encontraram ecos para além de suas próprias questões. Ítalo Moriconi foi um interlocutor entusiasmado desde quando este livro era um projeto. Ainda como projeto, ele foi beneficiado com uma bolsa de Pós-doutorado no Exterior, do CNPq, supervisionado gentilmente por Éric Marty. Tatiana Salem Levy, com quem li Barthes na pré-história da pré-história, me deu o estímulo necessário para terminá-lo. A ela dedico estas páginas.

SOBRE A AUTORA

Paloma Vidal é escritora, tradutora e ensina Teoria Literária na Universidade Federal de São Paulo. Dedica-se à ficção e à crítica, tendo publicado romances, peças, livros de contos, de ensaios e de poesia, entre os quais: *Algum lugar* (7Letras, 2009), *Mar azul* (Rocco, 2012), *Três peças* (Dobra, 2014), *Dupla exposição* (Rocco, 2016), *Wyoming e Menini* (7Letras, 2018), *Estar entre: Ensaios de literaturas em trânsito* (Papéis Selvagens, 2019), *Pré-história* (7Letras, 2020) e *La banda oriental* (Tenemos las Máquinas, 2021). Traduziu, entre outras autoras e autores latino-americanos, Clarice Lispector, Adolfo Bioy Casares, Lina Meruane, Sylvia Molloy, Margo Glantz, Tamara Kamenszain e Silviano Santiago.

SOBRE A COLEÇÃO

*O que se pode fazer, enquanto filosofia e poesia estão separadas,
está feito, perfeito e acabado. Portanto, é tempo de unificar as duas.*
  Friedrich Schlegel

Na tradição ocidental, deu-se por certa separação entre Filosofia e Literatura, tendo-se como consequência um entendimento histórico que cindia, de um lado, a mente, a reflexão ou a razão, e, de outro lado, o corpo, a criação ou a emoção. Perdia-se, assim, a possibilidade de um conhecimento que, em vez de separar, aproximasse Filosofia e Literatura, perguntando-se: mas escritores não filosofam, e filósofos não escrevem?

Os Ensaios Abertos desta coleção surgiram da vontade de explorar como, apesar da conhecida crítica metafísica que a Filosofia dirigiu à Literatura, elas não cessaram de se aproximar, em especial desde a Modernidade. Nessa exploração, a forma do ensaio desponta por sua capacidade de atrelar diferentes áreas, como a política e a ética, em um exercício de escrita que faz a filosofia e a literatura encontrarem-se.

A coleção Ensaio Aberto resulta de uma parceria originada no âmbito do Programa de Internacionalização da Capes (Capes-Print) entre a Universidade NOVA de Lisboa e a Pontifícia Universidade Católica do Rio de Janeiro, sob coordenação da investigadora Tatiana Salem Levy (NOVA) e do professor Pedro Duarte (PUC-Rio). O financiamento é realizado pela República Portuguesa através da FCT — Fundação para a Ciência e a Tecnologia, no âmbito do projeto 380183 do Instituto de Filosofia da NOVA. A seleção de manuscritos se dá por meio de revisão por pares em sistema duplo-cego. A publicação é feita pelas editoras Tinta-da-china, em Lisboa, e Tinta-da-China Brasil, em São Paulo.

A COLEÇÃO

A parte maldita brasileira — Literatura, excesso, erotismo, Eliane Robert Moraes
Não escrever [com Roland Barthes], Paloma Vidal

© Paloma Vidal, 2023

Esta edição segue o Novo Acordo Ortográfico da Língua Portuguesa

1ª edição: out. 2023 • 1 mil exemplares

Coordenadores da coleção: Pedro Duarte • Tatiana Salem Levy
Edição: Mariana Delfini
Preparação: Débora Donadel
Revisão: Karina Okamoto • Henrique Torres
Composição e capa: Tinta-da-china (Pedro Serpa)

DADOS INTERNACIONAIS DE CATALOGAÇÃO NA PUBLICAÇÃO (CIP) DE ACORDO COM ISBD

V648n Vidal, Paloma
    Não escrever [com Roland Barthes] / Paloma Vidal ; coordenado por
    Tatiana Salem Levy, Pedro Duarte. - São Paulo : Tinta-da-China Brasil, 2023.
    128 p. : il. ; 13cm x 18,5cm. – (Ensaio Aberto)

    Inclui bibliografia e índice.
    ISBN 978-65-84835-17-7

    1. Literatura. 2. Ensaio. 3. Roland Barthes. I. Levy, Tatiana Salem.
    II. Duarte, Pedro. III. Título. IV. Série.

                  CDD 808.84
2023-2311   CDU 82-4

Elaborado por Odilio Hilario Moreira Junior - CRB-8/9949

ÍNDICES PARA CATÁLOGO SISTEMÁTICO
 1. Literatura : Ensaio 808.84
 2. Literatura : Ensaio 82-4

Tinta-da-China Brasil
Largo do Arouche, 161 sl. 2
República • São Paulo, SP • Brasil
E-mail: editora@tintadachina.com.br
www.tintadachina.com.br

Edições Tinta-da-china
Palacete da Quinta dos Ulmeiros
Alameda das Linhas de Torres, 152 • E.10
1750-149 Lisboa • Portugal
Tels.: 21 726 90 28
E-mail: info@tintadachina.pt
www.tintadachina.pt

Este livro foi composto em caracteres CrimsonPro e Tanker.
Foi impresso na Ipsis, em papel pólen natural de 80 grs.
durante o mês de setembro de 2023.